玩命直播
NERVE

[美] 珍妮·莱恩 Jeanne Ryan / 著

林雨莤 / 译

天 地 出 版 社 | TIANDI PRESS

图书在版编目（CIP）数据

玩命直播／（美）珍妮·莱恩著；林雨蒨译．—成
都：天地出版社，2017.1（2021.9 重印）
ISBN 978-7-5455-2359-1

Ⅰ．①玩… Ⅱ．①珍… ②林… Ⅲ．①长篇小说－美
国－现代 Ⅳ．① I712.45

中国版本图书馆 CIP 数据核字（2016）第 263467 号

本簡體中文版翻譯由臺灣遠足文化事業股份有限公司讀癮文化授權

著作权登记号 图字：21-2016-280

玩命直播

出 品 人	杨　政
作　　者	[美] 珍妮·莱恩
译　　者	林雨蒨
责任编辑	陈文龙　张璐路
版权编辑	郭　淼
装帧设计	蒋宏工作室
责任印制	葛红梅

出版发行	天地出版社
	（成都市槐树街2号　邮政编码：610014）
网　　址	http://www.tiandiph.com
	http://www.天地出版社.com
电子邮箱	tiandicbs@vip.163.com
经　　销	新华文轩出版传媒股份有限公司

印　　刷	廊坊市印艺阁数字科技有限公司
版　　次	2017年1月第1版
印　　次	2021年9月第3次印刷
成品尺寸	145mm×210mm 1/32
印　　张	9
字　　数	197千字
定　　价	55.00元
书　　号	ISBN 978-7-5455-2359-1

［　献给詹姆士，我的头号大奖　］

目 录

目 录

序 幕

你想结束任务？我们说了才算！

———————

等了三天，周日的凌晨四点，屋前那条街上终于连一个窥视人都没有了。即便是疯子，偶尔也需要睡个觉吧。她同样可以休息一下，但比起休息，她更渴望自由。她足不出户已近一周。

匆匆写了张字条给爸妈，再丢一堆装备到车内，她加速驶离市区，前往仙纳度国家公园（注：Shenandoah，位于美国维吉尼亚州）。在两个钟头的车程中，她不断从后视镜窥视。她和家人行驶在这条路上的次数多到不可胜数，每次不是充满游戏、歌唱和影片，就是会做一些白日梦。唯独这次，她满腹惊惶。

她把父母多年的训诫抛在脑后，抵达仙纳度国家公园时，没有先与管理员打声招呼，而是径自把车停在她所能找到的最荒凉小径的起点，然后步入那条树叶生长得过于茂密的小路。中午过后，她势必得在某个地方停下来并架设帐篷；但现在，她一心只想消失在绿林中。只要能远离窥视人久一点儿，这片绿林将给她带来些许的平静——至少平静个几天。

挂在双肩上的背包沉甸甸的，她踩着重重的步伐爬上多石的山丘，拨开蕨类植物往前走，途中不时有垂悬叶上的露珠滴到身上。前方传来奔流的水声，她振作精神，知道瀑布必定就在不远处。这是一件天赐大礼般的好事，可以让她转移注意力，远离过去二十三天霸着她不放的沉思默想。

都是那该死的任务。

她用力拍打一根低垂的树枝泄愤，水和树叶哗啦哗啦地往她的头上淋下。随便啦，反正附近又没有人，不怕皮肤和头发沾黏斑斑树叶的窘样被人看到。只是念头一带到其他人，她立即联想到那些持续出现、不受欢迎的影像。还有，恐惧。存在于意识边缘的恐惧。这一次，它似乎具象化了，化成她身后一连串轻柔的跫音。

她停下来，像块石头般一动不动，一边等待，一边默祷那个声音只是她的想象。她的脑子最近时不时就会背叛她。

停止，专注，思考。

脚步声静止片刻，接着重新出现，变得更快。没错，她身后真的有人。现在该怎么办？

躲在树叶后面等那人走过去？一定只是一般出来远足的路人，大概和她一样渴望独处。不过，躲起来仍似上上之策。她拔腿往前跑，拉开与对方的距离，然后投身杜鹃花叶苍翠繁茂的怀抱。

脚步声变大了，听起来颇为沉重，暗示来者个头不小。这就是那些操纵任务的混账威胁她若是不肯对粉丝有求必应，必会招致的"后果"吗？但是，面对那些随时打电话来的怪人、跟进厕所的讨厌鬼，以及把她和其他玩家的照片置于瞄准线上做出恐怖网站的精神病，谁能期待她会和颜悦色？自从她发现自己实在无法应付后，便谎称自己病了，过去一周都待在家中。可是她没办法永远躲起来，也不可能申请得到保护令，勒令整个儿星球的人都离她远一点儿。

身后那人靠近了，她的呼吸变得又急又浅。对方的脚步听起来有种节奏感，从容不迫。或许不是人类。真好笑，闯入者可能是只黑熊，反而不像远足的人那么令她惊恐。也或者那些足音根本不是真的，这一切可能只是场梦，仿佛她在任务进行期间及结束之后，每个自认清醒的思绪都是被别人操纵的。她越来越难以理解眼前正在发生的事，偷溜去购物商场的那次便是一例。她在杂志里发现一张字条，上面写着："亲爱的艾比盖尔，你想结束任务？我们说了才算。"

怎么可能有人知道她会去那家店，又知道她会翻阅那本杂志呢？当她快速地翻过架上每一本杂志，看看其他本是否也被动过手脚时，那张可憎的字条竟不翼而飞，宛如未曾存在过。大概是被其中一个"我们"偷走了——那些监控着她的一举一动、不知名的"我们"。最糟的事情莫过于此：搞不清楚敌人的模样，自己的影像却到处泛滥，有如某种变态的交换卡。

现在，脚步声之外，又多了口哨声。纵使她的想象力再活跃，也无法创造出一头懂得吹《彩虹曲》（注：*Somewhere Over the Rainbow*，电影《绿野仙踪》中的著名插曲）的野兽。她决定相信对方只是个心情愉悦的远足旅人，双眼偏偏忍不住泛起泪水。

脚步声停歇，邻近的树丛发出沙沙声响，她往枝叶更深处蹲了进去。

一个低沉的声音说道："我知道你在这里。"

她大吃一惊，紧贴着身后的树木，希望自己刚刚爬了上去。方圆儿里不见其他人影，她飞快地瞥了手机一眼，发现这里收不到信号。不意外。她的手机最近只会传送悲惨给她。

她隐匿其中的杜鹃花丛被分了开来，露出一张斗牛犬般、呼吸带有培根味的男人脸孔。噢，天啊，不知道折磨她的人长什么样还比较好。不论这辈子多么漫长或是多么短暂，这人势必成为她余生挥之不去的噩梦。

他用肥硕的双手把树枝推得更开："甜心，你为什么不出来呢？这样对我们两个来说都会容易些。"

她身上的肌肉全缩了起来，膝盖几乎撑不住身体，满腔的恐惧比任务最后一回合面对整个儿房间的蛇时还要高涨，而那原本才是这个世间最令她胆战心惊的事。

尽管胸腔饱受战栗之苦，她不知怎的找到了说话的力量："走开，混蛋。"

男人吓了一跳："没有必要发脾气，我一直是你最大的支持者。"

她的视线急急投向阴暗的矮树丛，只有一个选择还有点儿希望。她让背包从双肩往下滑落，接着纵身跃向树枝最细的部分。即便如此，当她在小径上拍打着树枝往前跑时，双臂仍惨遭刮伤。很不幸地，男人挡在她回车子的路上，她不得不向着山坡的林地深处逃跑。

她奋力疾奔，身后响起隆隆如雷的脚步声，不过所有的声音很快就被前方瀑布崩落的水流声吸纳得一干二净。靠近摇摇欲坠的栏杆看台时，瀑布细致的水雾喷洒到她的脸上。除了从陡峭多石的峭壁往下爬，前方已无路可走，而那些圆石上遍布着厚而滑的青苔。

刺耳的口哨声从身后传来，音调之高，连水声也掩盖不了。她转身面对男人，注意到他的口袋鼓胀，形状凹凸不平，不由得联想到"妙探寻凶"（注：Clue，英国桌上卡片游戏，陆续发展出各种版本，是一款经典推理游戏）中的各种武器。这个男人的手臂像周遭的树干那样粗壮，哪里还需要拿什么烛台或刀才能杀人？他要什么？会不会是因为她前一晚没和其他玩家一道出席"尾声"的拍摄，这个偏激的粉丝就决定要惩罚她？看节目的时候，她以手掩嘴，发现玩家同伴虽然谈笑风生，但其实个个眼袋暗沉，脸颊抽搐。他们没有人会再回她短信，仿佛与她来往这件事比被不知名的人纠缠更具威胁性。真是疯了。加入任务之初，没有人对跟踪狂和跟拍视频提过一个字。

她紧抓着湿滑的金属杆爬过栏杆。她能在不跌断脖子的情况下往下走到河边吗？

"不需要这样，艾比盖尔。"男人咕哝着说，伸手探入口袋，"回来这里跟我配合，拍下别人都拍不到的内容，赢他个一千来分。"

分？他一定是跟拍玩家的疯子之一，渴望得到其他窥视人的敬意，同时替自己赢得一些票数或是分数。如果有法子可以衡量她的恐惧指数，这家伙肯定会让指数冲到最顶端。这些变态对这种事最兴奋了。但这人要的会不会不止于此？想到这里，她的喉咙一紧。

深呼吸。专注去想一条退路。

男人的头朝她的方向歪了歪，像是正在思考打光和构图。他有可能只是想拍她的照片吗？当他缓缓地把手从口袋中抽出来时，她屏住呼吸，脑中只有一个念头：怪了，这一生所有的回忆居然没在眼前一闪而过。相反地，她想起八年级时在英文班上看过的电影《美女还是老虎？》（注：*The Lady or the Tiger?*，描述一个国王规定嫌疑犯须上竞技场接受天意审判，在两扇门中选择其一决定生死。门后可能是老虎，也可能是美女，若是老虎便会命丧虎口，若是美女则需与美女结婚）。那部片子吊足观众的胃口，让她看得心烦意乱。为什么他们就不能选定一个结尾呢？

眼前这个陌生人掏出来的可能是一台相机，也可能是一把手枪，取决于他想偷的是她的照片还是生命。她呜咽一声，意识到自己多么希望从来没有梦想过要参加挑战，如此一来，这真实无比的恐怖就会画下句点。

男人从右口袋掏出一台迷你得宛如可爱小虫的黑色相机。她吐了口气，把泪水吞回肚里。所以，只是要拍张照片。或许她真的很努力假笑一下的话，这件事就旋即宣告结束。然后她就狂奔回小径，飙快车回家，今天再也不踏出房门一步。或者，明天也是。窥视人终究会对她失去兴趣，特别是任务展开了新的一届，又有了新一批的玩家之后。

"笑得漂亮一点儿。"面前的男人说。

她瞪着他，试着牵动嘴角。一滴汗珠落到她的太阳穴，紧接着又来一滴。几秒后，这件事便将彻底终结。

咔嚓。

她呼出一口气。好吧，如果那就是他要的，很好。唔，不是很好，但还过得去。

男人歪嘴露齿一笑，伸手探入另一个口袋。

第一章

看看有谁在玩！

———————

　　我就是那个"幕后的女孩"，照字面上解释就对了。只不过第二幕的大布幔升起后，我有四十分钟闲着没事做，除非哪个演员需要快速地修补妆容，否则没必要再去协调换装和化妆。我深吸一口气。到目前为止，开幕夜进展得一帆风顺，不免让我忧心忡忡。第一晚永远都会出错。这是传统。

　　我考虑着要不要去话题围绕着男生打转的女子更衣室，还是待在真会遇到男生的走道上。唔，我只想遇到一个男生。这男生十分钟内要上台，所以我决定待在走道上，抽出我的手机，把戏剧指导山塔纳女士的死亡威胁当作耳旁风。她逼我们在表演进行中都要把手机放得远远的。

　　"这就是我"的网页上没有新的信息。没什么好惊讶的，毕竟我的大部分朋友不是在台上的演员，就是在台下的观众。我广发了一则信息：

　　接下来的两场表演还有几个空位，你若是尚未移驾至此，买张票吧！

哪，我已经尽了公民义务。

除了文字信息，我也上传了一张表演开始前、我和死党西妮的自拍照。照片像是幼儿园那些色彩对比鲜明的童书。话剧女主角西妮宛如闪亮的好莱坞芭比，旁边站着个肤色苍白、发色深棕、双眼与脸蛋相较有点儿过大，像是复古风小布娃娃的我。还好，从演员化妆箱里借来的金属色眼影，让我的瞳孔看起来比平常更蓝。

手机上冒出"定制服饰"网站的广告，说是要让我瞧瞧，穿上他们家夏天的新款洋装会有多么好看。在冻死人的西雅图，要穿夏季衣物是种痴心妄想，更别提现在还是四月。但浅紫色的宽摆洋装实在太可爱了，我受不了诱惑，传了一张照片过去，并输入一百六十二厘米的身高和四十多千克的体重。当我正在为了还要填写哪个三围数据三心二意时，男子更衣室传来熟悉的爆笑声，朗声大笑的马修走了出来。他往我靠近，与我肩碰着肩，呃，是我的肩膀碰着他在足球队上锻炼出来的二头肌。

他凑近说话，嘴唇离我的耳朵只有几厘米："34B，对吧？"

我的妈呀，他怎么一眼就把我的手机屏幕看得那么清楚？我把手机转离他的视线："不关你的事。"实际上比较接近 32A。今晚穿的薄衬胸罩毕竟不以托高集中的功能著称。

他哈哈笑着说："你都准备要告诉完全不认识的人了，干吗不跟我说？"

我啪地合上手机："我只是在玩这则愚蠢的广告，又不是真的在跟某个人说。"

他轻快地转个身，与我面对面，两条手臂分抵在我头后的墙壁，然后用那老像是要告诉你一个秘密似的轻柔嗓音说："别这样啦，我真的很想看你穿那件洋装。"

我把手臂塞到身后："真的吗？"相较之下，我的声音像是吱吱乱叫的黑胶唱片，真是够有魅力的。

他的手绕到后面，从我的指间迅速抽走手机："或者，你知道的，其他更舒适的衣服。"他一个滑步移动到我身后，开始轻敲手机，弄出一张照片，把我的脸叠在一个穿着白色内衣的身体上。那对胸部看起来比实际尺寸还要丰满，根本就是 D 罩杯。

炙热感悄悄地爬上我的颈部："真好笑。不如我们也来做一张你的照片？"

他解开衬衫的扣子："你喜欢的话，我可以真人演出。"

走廊突然变得好闷，我清了清喉咙："嗯，你还不能换下戏服，所以我们从虚拟的你开始如何？"哎呀，我说话可以再不解风情一点儿。

他的双目闪着比平时更绿的光泽："当然，先玩完虚拟的变装游戏再说。"

他在各式各样的连身衬裙和比基尼之间挑选时，我们的身子挤成一团。每次我试图把手机抽走，他便哈哈笑着夺回。我改用另一个策略，先假装漠不关心，然后倏地出手。这招差点儿就成功了，他被我吓了一跳。我的动作虽不够快，没能把手机抢回来，但至少碰到了屏幕，刚好关掉那个装扮网站。取而代之的，是一个名叫"试胆任务"的新游戏广告。这个任务基本上就是真心话大冒险，只是少了真心话的部分。广告大标横列着一句：*看看有谁在玩！*底下跳出三张青少年完成各种任务的缩图。

马修扬起了眉毛："嘿，我们来看这个去店里假装顺手牵羊的女孩。"

他把手机倾斜，好让我们都能看到视频中那个身上穿了很多孔的女孩，如何把几瓶指甲油塞进她的迷彩裤里。嗯，就算只是假装，把商品偷塞进裤子里还是很像在犯罪。她的下巴别着那些安全别针，要怎么通过机场的安检？仿佛听到我无声的尖刻批评，她转向镜头，比出中指。影像放大她狰狞的样貌，我的肩膀一僵。她露出得意的笑容，大步迈出商店，走到停车场，然后用深红色的指甲油在额头上画了三个叉号。

画面转黑变暗，马修点击下面的评分，给了那个女孩四颗星。最高分是五颗星。

"要我就只会给她三颗星。这个挑战不过是假装顺手牵羊，又不是真的去做。"我说，"什么白痴会拍下自己犯法的事？"

他哈哈大笑："拜托，那也需要胆量啊。何况，谁会抱怨她冒了比任务要求更大的风险？看她晋级到实况转播回合一定很有趣。"

"嘿，你可别跟西妮说到实况转播。她想参加这个月的比赛想得要死，却发现时间不巧卡到闭幕夜。"

"啥？在话剧中当明星还不够吗？"

我咬了咬下唇。虽然我常取笑西妮想当个歌剧女伶，但我绝不会在背后批评她："在高中剧场演戏又赢不了什么大奖。"

马修耸耸肩，注意力再度回到手机上："嘿，瞧瞧这家伙的视频，他让狗从他的嘴里呼噜呼噜地喝汤。"

"脏死了。"

马修给了这段视频五颗星。他一按出评分，屏幕马上出现一则广告：上传你个人的视频，就有机会参加本周六的实况转播。现在还来得及！

马修在我面前晃动着手机："你应该做一场挑战，小薇（Vee）。"

"喂，我周六要帮你化妆，还记得吧？"

"我打算参加初级挑战，纯粹为了好玩。你要是入选实况转播回合，自然有人会揽下化妆的事。"

他显然认为我不可能入选。就算我入选了，随便找个人在演员的脸上泼洒一点儿油彩就能取代我的工作。我突然觉得自己很渺小。

我扯扯裙子："何必呢？我反正不会去玩。"这个任务上个月第一次播映时，朋友都来我家，一起付费观看线上的实况转播。身为窥视人很令人兴奋，去当美国东岸那些缩着脚趾站在屋顶边缘半小时的头奖玩家？不用了，谢谢。

马修在"试胆任务"的网站上按了几个按钮。

"这里有一份你可以尝试的挑战名单，像是在一家豪华餐厅里用双手吃饭，或是去一家异国风味的杂货店，说要买山羊睾——"

"我什么挑战都不会去做。"

他在我的手机上打了些字："我知道你不会。跟你闹着玩儿而已，你脸红的时候好可爱。"

做道具的葛蕾塔从后台跑来，拍拍他的手臂："再两分钟上台。"

他把手机递回给我。当我发现他更改了"这就是我"的网页内容，把我的状态从"单身"改为"充满希望"，胸口因此猛地一跳时，他已离我足足三米远。

闭幕前，我还有将近半小时的空当，但我尾随马修走到舞台侧面。他大步迈入聚光灯下，站到前台的左边，也就是西妮身旁的位置。他们两人将在舞台上谈笑、争执、亲吻、歌唱，直到表演结束。

现在，西妮俯瞰着舞台，戏剧化地在金色的光芒下被高高举起。对自己能在她的天生丽质上创造出更惊人视觉效果这事，我忽然自豪起来。不用说，我在马修身上花了更多的时间，用温柔照料的心情描绘他脸上的每一块平面。即使我现在离他有六米远，聚光灯在他眼中闪烁的光彩，仍让我的膝盖发软。

接下来的半小时，我与演员们一起背诵台词，直至不幸的爱侣在话剧末尾终成眷属。马修用双手捧起西妮的脸，四唇相触一秒钟、两秒钟、三秒钟。我咬着下唇，试着平抚骤然涌起的妒意。西妮坚称马修是个不切实际的男友人选。她总以为她才知道什么最适合我。

其他演员加入西妮和马修，引吭高歌最后一曲，然后由我拉下布幔。他们会到布幔前鞠躬，所以舞台这边已经没我的事。我往更衣室走去，开始收拾戏服。女子更衣室内弥漫着混杂的气味，有发胶的臭味，也有桌子正中央一大束红玫瑰的香气。我看了卡片。当然，是给小西的。过了几分钟，她和其他女演员踩着舞步进来，上气不接下气地咯咯笑着。

我本能地伸手拥抱我最好的朋友："你好棒。还有，看看有人送了你什么。"

她发出小小的尖叫，打开卡片，双眼大睁："一位匿名的戏迷！"

"匿名个两分钟而已，然后他就会溜到你的附近，想要博得你的赞许。"这种手法明显到让我很想冷哼一声。

她嗅了嗅玫瑰，扬起嘴角。这类注目对她来说已经习以为常："说服你爸妈了吗？他们有没有对今晚的事改变主意？"

我的胸口一紧："没。不过他们总算答应在闭幕夜放我出狱。"这是连着五个月恪守他们的规定之后，我成功说服他们，替自己争取到的自由。扣除在话剧公演的工作和到图书馆温习，这将是"事故"之后，我第一次获准和朋友出去。不过那个事故真的只是爸妈的想象。

"那我也不去。"小西说。

我假装往她的手臂捶上一拳："别傻了。你理当享受一场美好的派对。不过别宿醉得太厉害，让眼袋垮下来。我的化妆技巧能够遮盖得有限。"

她解开马甲的带子："你确定吗？我是指派对。我对你的化妆技巧有十足的信心。"

我帮她解开背后的结："当然。要把详细的情况通通跟我说，好吗？传一些照片给我看更好。"

等她和其他人换好衣服后，我把戏服收齐，并为了明天的演出检查有没有哪件需要烫一下，或是有哪个部位脱线了。西妮又给我一个拥抱，接着便和葛蕾塔以及其他人离开。

她们走后没几分钟，马修一头钻进门内："勇敢的小薇，你好不好啊？"

我一看到他，腹部就一阵震颤，但仍佯装冷静地扫视一件粗花呢外套，检查袖口："我很好。"能在门禁前和他共度一些时光，谁还需要首演夜派对？对，我的状态可能真的充满希望。

"你和西妮要去艾许莉家吗？"

"她会去。我不能去。"

"还在禁足啊？讨厌，女孩，多念点儿书吧。"他和我大多数的朋友都误以为，我爸妈会这么严格是因为我的成绩太差。只有西妮知道真相。

"至少他们让我参加闭幕夜派对，门禁还延长到十二点。"把我即将到手的自由告诉他，说不定他会帮我善加利用闭幕那天的周六夜晚。

他朝着玫瑰努了努下巴："她猜到那些是谁送来的吗？"

我瞬间没了呼吸："你怎么知道那是匿名人士送的？"

他眨了眨眼。"我自有办法。明天见。"他缓缓地摇了摇头，打量着我说，"嗯嗯，你太可爱了，不应该埋没在后台工作。"说完他就走了。

就这样？跑了？这可是我们独处的好机会耶！我的胃紧扭着。还有，他为什么会在乎那些花？我尽可能不要骤下结论，却仍在心里列出所有的可能性。或许马修有朋友在暗恋西妮，所以他替朋友探探情势。可是他的声调中有个什么听起来没把握、脆弱。那些花是马修送来的吗？他和西妮毕竟是话剧的男女主角。但事情没有这么单纯。唯一令我感到安慰的是，就算玫瑰是马修买来的，西妮也没有把它们带回家。

我咬牙切齿地从皮包里拿出一把小钥匙，打开一个小柜子，里面有戏服经理的秘密武器——一罐装满加水伏特加的喷雾瓶。这是种能让戏服焕然一新的便宜技巧。山塔纳女士坚称，她以前从不敢让学生在不受监控的情况下使用这种喷雾。我很高兴最近至少还有一个大人对我有信心，不过若让爸妈知道这件事，她肯定会丢了饭碗。

有脚步声朝这里逼近，设计布景和掌管所有技术事宜的汤米·托斯探头进来："今晚的演出很棒，对吧？"

我对着一件缝有珠子、有点儿老旧的厚重连衣裙喷雾："对啊，超顺的。"

"其他人都走了，你忙完以后，我陪你去开车。"倘若把孩子教育得彬彬有礼可以得奖的话，汤米的爸妈受之无愧。即便是我们五年级一起在交通队时，他也总是提议要帮我拿"停"的牌子。

我走出门，准备整理隔壁房内男生的戏服："没问题，我马上就出去。"

他跟着我："你还好吗？"

我把马修挂在椅背上的裤子折好："当然，只是这一周很忙。"

他伸伸懒腰："对啊，光是我们两个就负责了大多数的后台工作。"

没错，我们是梁柱，但却得不到掌声，也没有玫瑰。我眨了眨眼，让眼睛变干，再转身面对他："你做得很棒，汤米。你设计的布景真是一绝。"只要一分钟，舞台即可从战乱的阿富汗村落，摇身一变成为东京夜店。这是一出跨文化的话剧。

他耸耸肩。

"别这么谦虚。你应该和演员得到同样的注目。"

"不站到舞台中央是有好处的。"

我扬起的眉毛一定高到发际:"例如?"

"隐私。"

我哈哈一笑,但冒出来的声音却介于咕哝和冷哼之间:"那是个好处?"

他再度耸耸肩。整理完戏服后,我的手机嗡嗡作响。我把它抽出来,发现是老妈传来的短信,提醒我四十分钟内要回到家。我叹口气。系住我的皮带被猛拉了一下。我删除信息,同时发现马修没有切断"试胆任务"的连线。他明知道我不会参加那个任务。

我转向汤米:"你觉得我很有胆吗?"

他往后退:"呃,有胆?我不知道,但你很有性格魅力。记得高一时你改编校歌歌词的事?"

那是我最出名的事?几乎不押韵的无礼歌词?我扮了个鬼脸,把手机拿到他的面前:"你会加入这个任务吗?"

他仔细阅读内容:"我很怀疑。太冒险了。"

"不适合我,对吧?"

"我没有这么说。"

我站在汤米旁边,点击任务网站,上头列出玩家可以申请加入实况转播的挑战,伴随宣称玩家会一举成名的弹出式广告,再播放上个月头奖赢家参加一场电影首映会的视频,其中两个女孩还展示了完成挑战后赢得的超闪亮奖品。她们真走运。

我很快地浏览名单。大多数的挑战都很糟糕,但有一个是在咖啡馆里，一边朝自己倒水，一边大喊："冷水让我热起来。"听起来很蠢，不过比偷窃，或假装偷窃——指甲油来得安全。我看了一下手表。"来杯爪哇"就在回家路上。如果我快一点儿，就来得及完成这个挑战。如此一来，马修的词汇里将会少了"小"这个字。他连传短信给我都会叫我小薇。从排演开始后，他便常传短信给我，内容都是些迷人暧昧的文字，特别是在深夜时分。

我盯着汤米："想做点儿不寻常的事吗？"

他的双颊变得粉红："你不是要申请加入这一届'试胆任务'吧？是吗？"

"哪有可能。何况现在申请也太晚，不会入选了。不过，试一回挑战会很好玩吧？只是感觉一下？"

"呃，不尽然。"他快速地眨了眨眼，像是他的隐形眼镜已经准备功成身退，"你知道这会传到网络上，全世界都看得到，还有，不需要付费就能观看初级挑战，所以观众会很多吧？"

"对，不过那大概就是重点所在。"

他的头侧向一边："你确定你今晚还好？"

我大步走向柜子，把喷雾瓶锁进去："我很好。你不用跟我来。我只是觉得会很好玩。"

"或许吧。"他点头，显然改变了主意，"好吧。我帮你摄影。"

噢，好极了。我完全忘了我需要有人帮忙拍下挑战过程。我抓了我的包包，大步从他身边走过，感觉十足像是《古墓丽影》(Lara Croft)的女主角萝拉："太棒了。我们走吧。"

他快步追上："我们可以开我的车去。"他爸妈在他生日的时候，送他一辆足以拍摄动作片的奥迪汽车。

"不用，开我的车去。"我说。这是我的挑战。

空气中有股傍晚时没有的湿气。即使马上要在一家咖啡馆内往身上倒水，我还是没有淋雨的心情。我和汤米匆匆朝我那辆老速霸陆走去。它十岁了，每次踩下刹车，方向盘都会咯咯乱叫，但它是我的，而且很舒适。我们上了车，由我驾驶。

我跟着收音机上一首嘻哈乐曲哼哼唱唱，频频唱到破音："你想，'来杯爪哇'的人会不会知道，我是在做'试胆任务'的挑战？"

汤米检查我的仪表板，宛如会在上面发现比低阶音响系统更有趣的玩意儿。音响旋钮上有一张小小的贴纸，一行手写字迹写着："再大声点儿！"

"我想那里的常客不是'试胆任务'的目标族群。"

听到"目标族群"这种字眼随随便便就从他的舌尖冒出来，溜得活像是广告台词，我觉得很好笑。这是我老爸才会说的话。老爸几个月前在医院时那张面无血色的脸浮现脑海，我一下子有些反胃。当时他在我的病榻旁不断摇着头说，我的行为太不像平常的我，像我这样的女孩不会在车库里停车却不熄火。你说得没错，我对他说。

我摆脱这个思绪："那么，我会在一群完全没听过这个任务的人面前做蠢事。太好了。"上个月，"试胆任务"频频用轻声细语的旁白提醒观众，玩家不准把正在进行挑战的事情告诉周围的群众。

汤米用扬起的双眉应了一句"废话"，不过他太有礼貌了，所以没有真的说出口。相反地，他告诉我他看过一部纪录片，内容描述一家很有武士精神的商业学校，要求学生在繁忙的街角唱歌，好让他们从自我的压抑中解脱出来。

"或许到头来，参加挑战对你会是件好事。"他说。

我打量着他。他其实比我认为的要帅，不过我们从来没有超越友谊的关系。他有干净利落的轮廓和乐观进取的态度，还有拥有认股权的富裕爸妈。毕业后的第十届同学会还没到之前，他大概已开始参选从政了。

我忽然想起自己尚未填写任务的申请表。"能不能麻烦你打开'试胆任务'的网站，帮我填写资料？"我问。

他转向他的手机，开始边念问题边打字。我告诉他我家地址、电话号码、邮箱和生日（十二月二十四日，几乎是一年的最后一天），不过是两分钟的挑战，竟要填写紧急联络人名单，感觉颇夸张，不过我还是把西妮填了进去，另外是丽芙、依露伊和汤米，最后单纯为了好玩，我把马修也加上去。

五分钟后，在咖啡馆外绕了两圈，我终于在离"来杯爪哇"一个街口的地方找到停车位。空气尽失白日的温暖，看来待会儿要走回车上时可有得受了——如果我真的彻底执行这个挑战。有一小部分的我开始产生怀疑。

我把外套递给汤米："你可以帮我拿吗？这样晚一点儿我还有干的衣服可以穿。"

"或许我也该帮你拿包包，以防万一。"

还有哪个男生会想到要保护配件？我打了个哆嗦："好主意。"

汤米轻柔地拿着我的衣物，一副很怕弄脏的样子。不过就算脏了也不会是什么大灾难，这些反正都是在"古董之爱"、也就是我打工的店家里，用半价买来的。

进入咖啡馆，一看到里面人满为患，我的心就扑通扑通狂跳。从手机上选一种挑战是一回事，实地演出又是另一回事。演出，哎哟，就是问题所在。一如我半途开溜的学校话剧试演，以及在全班同学面前汗流浃背地做世界研究报告。像我这种紧张大师，到底是为了什么要接受挑战？

我深吸一口气，想象马修在台上亲吻西妮，而我在旁观看的画面。很明显地，我是为了证明什么，才会去做这件事。谢啦，心理学入门课。

汤米在靠近咖啡馆中心的公共交流桌找到位子，把我们的东西放下来，开始玩弄他的手机："'试胆任务'的网站说，我必须现场直接拍摄给他们看，免得我们剪辑视频。你准备好我就开始。"

"好。"我悄悄地走到排队人潮的后头，抗拒着双腿不受控制的怪异感受。我需要用上全部的注意力，才能把一只铅般沉重的脚放到另一只的前面，仿佛在糖浆池中艰难地跋涉而过。呼吸，呼吸，呼吸。要是咖啡的香气没那么浓就好了。这里的通风做得未免太差。即使离开这里很久以后，我的头发和衣服仍会散发臭味。老妈会察觉到吗？

我前面的情侣争论着晚上该不该喝有咖啡因的印度茶，他们前面的一群女人则用卡路里的问题炮轰咖啡馆吧台员。这些人的闲聊摩擦着我的神经，让我很想放声大喊：担心卡路里的人不该来这种供应几十种糕点的地方！

我对着一位咖啡馆吧台员挥挥手，想要引起他的注意，但他只是露出微笑，继续忙着冲压意式浓缩咖啡。墙上的时钟显示现在是九点三十七分。要命，离门禁只剩下二十三分钟，而我刚刚意识到，我得先送汤米回他的车上才能回家。我朝着柜台推挤，引发众人几句愤怒的评语。等看到我要做的事，他们就会闭上嘴了。没有人想惹恼一个疯子。柜台的角落放了一个大冰水罐，还有一堆塑胶杯。我装了一杯水，然后走到汤米附近。尽管手臂和腿都在颤抖，我仍试着不要把水洒出来。

九点三十九分。我深吸一口气，对汤米点了个头。他把手机对着我，一边喃喃说着什么我听不清楚的话。周围的人皱起眉头，向我投来厌恶的眼神。汤米给我一个小小的微笑，竖起两根大拇指，我的内心不禁对他感激涕零。

这件事绝不可能独立完成。但即使是有汤米在，我也做不到。不仅身体止不住地颤抖，我还必须抗拒快要哭出来的冲动。哎呀，我真是个胆小鬼。难怪话剧试演时会说不出话来。

我凝望着时钟，视线倏地窄化，像是身处隧道当中。周围的一切全变暗了，我的眼中只有时钟，脉搏跳动得像爱伦坡短篇小说《告密的心》中的那颗心脏（注：*Tell-Tale Heart*，描述一个杀了老人并把尸体肢解藏在地板下的青年，因为出现老人的心脏仍在地板下跳动的幻觉，而泄露了自己的罪行）。可笑。只是一杯水，外加背诵一句台词。小西一定会一边唱着《悲惨世界》（*Les Mis*）中她最喜欢的旋律，一边倒下一整罐水。当然，我不是她。

我加速的心跳变成了怦怦跳，头也很晕，身体的每个分子都想逃跑，或是尖叫，又或是连跑带叫。我提醒自己呼吸。挑战不出一分钟便会结束。再忍耐一下这种恐怖就好。

我抹抹脸颊。当墙上的时钟走到九点四十分时，我清了清极渴的喉咙。

我做得来吗？即使都把杯子拿到头顶上了，这个问题还在不断复述。令人惊讶的是，我的手臂居然能动。我用勉强高过耳语的声音说："冷水让我热起来。"然后对着头顶倒了几滴水。

汤米眯起眼睛，像是没听到我的声音。

我提高音量，只是一开口就破音。我说："冷水让我热起来！"然后把杯内剩下的水通通倒到头上。冰冷的震撼让我的脑袋瞬间清醒。噢，天哪，我做到了。我浑身湿透地站在那里，从来没像现在这么希望自己消失无踪。

附近一个女人发出尖叫，从我身边跳开："你要怎样？"

"对不起。"我说，水从我的鼻头滴落。我知道自己该做点儿什么，偏偏身体整个儿麻痹了，只有双眼除外。我的眼睛瞬间看进上百万个细节，每一个都像是在对我奚落嘲笑。我凭着意志力打破那令身体动弹不得的魔法，用手背擦拭脸颊。周围有个人快速地给我拍了一张照片，我对他投以鄙视的一眼，他马上又拍一张。

汤米放下手机，睁大眼睛看我："啊，薇，哎呀，你的衬衫——"他一脸惊骇地指着我的胸前。我开始转动视线，但动作被拿着拖把跑来的咖啡馆吧台员打断。他对着我脚边的一摊水冷笑。

"我来。"我说，伸手要拿拖把。为什么我没想到要拿纸巾呢？

他把拖把拿开："你以为我会放心交给你？请走开。如果你不消费，就请出去。"

讨厌。我又不是在他的搅拌器里吐口水："抱歉。"我匆忙走向门口，湿淋淋的衬衫接触外面的空气，人顿时像是跳入了冰冷的华盛顿湖。

汤米拿着我的外套赶上来："穿起来，马上！"

到了外面的街灯下，我看着自己的衬衫，一时停止呼吸。我在倒水之前，没考虑到自己穿的是白色棉质上衣，里面又是混丝的薄衬胸罩。我这个在服装店里兼差的戏服负责人，早该知道这些布料碰到水会有什么效果。我干脆在镜头前直接穿着湿 T 恤算了。

噢，天哪，我究竟做了什么？

第二章

他们有数千段视频，人们会做很多疯狂的事。

————————

我抓住汤米的手机："把视频删了！"

"没办法。这是现场直送的视频。"

我用外套遮住胸口："为什么你发现我走光的时候不停下来？"

他揉搓着后脑勺："我太忙着让镜头跟着你，直到放下手机才注意到。不要惊慌，好吗？视频上看起来会不一样。或许那里的光线和相机有限的像素反而对你有利。"他的表情不是很有说服力。

"有什么方法可以查看视频？"我为什么不穿那件厚衬垫的粉红色胸罩？

"没有，我的手机不会把视频存档。那样会占掉太多内存。"

上车后，我背对汤米费力地穿上外套。尽管有部分的我想坐在车内思考出一个解决之道，宛如覆水能收，但我需要在十五分钟内赶回到家。我发动引擎，把暖气开到最大，然后加速驶回学校礼堂。

汤米操作他的手机："或许有办法能把你传过去的视频撤回。"

"对，就这么办！告诉他们我不同意。"

过了几分钟，他清清喉咙："上面说所有传过去的视频都是他们的所有物。你加入任务就是交出视频的所有权。"

我猛拍了一下仪表板："可恶！"

我们没有人再吭一声，直到抵达停车场，汤米才在下车前说道："记得，他们有数千段视频，大部分的内容大概比你的更糟。为了被选进实况转播回合，人们会做很多疯狂的事。"

"我希望你说得对。听我说，我九分钟内必须到家，不然，唔，反正我就是得赶回去。"

"我答应你我什么都不会说。"他在胸前画了个十字，然后关上车门。

我咽了一口口水，匆忙驶离，人却感觉很麻木。我怎么会这么笨呢？不顾一切不是我的人格特质。害羞、努力、忠实，所有那些无聊的魔羯座特质才是我该有的样子。

我开快车回家，这也是个新经验。不过我的速度显然还不够快，进入连接车库和屋后的走廊时，已经十点零二分了。

老妈像个收费站一样站在那里等我："你去了哪里？"

"礼堂。更衣室的水槽出了点儿问题，我被淋湿了。我已经尽快弄干衣服。抱歉我晚了一点儿。"说谎让我很想吐，但实话实说对谁都没好处。

她神情严厉地俯视着我："你答应过会在十点前到家。"

"妈，拜托，那是个意外。"话一出口，我立即察觉自己的错误。这阵子，把事情推作"意外"很难说服得了爸妈，即使那件事都已经过了五个月。

老爸从厨房走过来："没事吧？"还有哪个高二的学生会像我这

样，有爸妈两个在十点的时候等门？

我抓着外套紧紧裹住自己，一边往后抚顺我的头发："没事，只是被水槽的水溅到了。对不起。"

老爸的声音很轻，表情则否："为什么不打电话回来？"

"我以为我赶得回来，可是红灯太多。"他们有可能检查这里和礼堂之间的交通模式而拆穿我的谎言吗？

他站在老妈旁边，我隔着几十厘米站在他们面前，一心只想换下湿掉的衣服。老妈望向老爸，他也瞥了她一眼。

我交叉双臂："我的朋友都去参加派对了。我不但要替戏服做局部清理，还要处理坏掉的水槽。你们不认为这对迟到两分钟而言已经是很充分的处罚了吗？"

他们再度交换一个眼神，然后老爸叹了口气。

"好吧。我们相信你的话。"

罪恶感又一次刺穿了我的胸口，不过我并没有做错事。唔，除非把在线上观众面前露胸一事也算进来。天才晓得我会被多少人看到。

"谢谢。我该上床了，明天还要上学。"我屏住呼吸，希望打乖女儿牌这招没有做得太明显。

"晚安，甜心。"他们异口同声地说，各给我一个拥抱。有时候我会想，假如我不是独生子女，事情会容易得多。他们已经没办法再生了吗？呃，不要想到那里去。

上楼后，我准备就寝。这个晚上的事情在心中一一重现。希望汤米说得对，视频会如雪崩般涌进任务网站，而我的则会消失其中。尽管如此，我仍彻夜难眠，最后索性在清晨五点放弃睡觉。上学前平白多出两小时的空当，照理说我该追一下功课的进度或是做点儿有建设性的事，不过我下床后第一件事就是拿起手机。不，等等，用电脑可以更快看到视频。我坐到书桌前，用颤抖的双手打开笔记本电脑。

我花了几分钟打开"试胆任务"的网站，并搞清楚网站里那些选项的架构。我一边点击，广告一边跳出来提醒我，在"试胆任务"第一届的活动中，有个男生赢得了一趟意大利之旅，和环法自行车队一起受训一周；另外还有个女孩获得 MTV 频道的工作面谈。他们登出赢家喜上眉梢的照片。我想，对一整晚的忐忑不安来说，这还不算太坏。

我在网站上浏览，心情逐渐开朗起来。全国各地共有超过五千人申请加入。周六晚上，也就是明天，"试胆任务"将从十二个城市中选出玩家参加实况转播。上次，他们让实况转播中半数最厉害的玩家飞去纽约参加头奖挑战，另外半数则到拉斯维加斯聚集，玩家不是抱得大奖归，就是空手而返。

发现完成咖啡馆挑战的申请人最少时，我的感受几近于雀跃。大概是因为这个挑战看起来很简单，甚至应该解读为"很无聊"。太好了。我点开这个分类，往下浏览，认出自己的视频时，心跳戛然而止。

我的脸在停格的影像中闪烁着水光，五官因为不舒适而扭曲着。影像下方有一个小小的指示器，显示我的视频有超过八十则评论。完蛋。与这个类别其他视频相较，我得到的评论数竟高出一倍。

我深吸一口气，点击影像，开始播放视频。视频中，我一脸痛苦，来回看着墙上的时钟和汤米的镜头。我感觉像个白痴，视频中的自己看起来也像个白痴。为什么我会以为完成一场挑战是个好主意呢？就因为西妮收到花而我没有？多么可笑。我早该习惯了。

汤米替我做了旁白："这是我所见过最甜美、最善解人意的女孩，她即将大胆跨出她的舒适区。她能将挑战贯彻到底吗？"

我不知道汤米做了评论。那是要干吗？视频中的我迟疑着，宛如正在回答汤米的疑问：不，天杀的，她才不会做。有那么一秒，我但愿昨晚的一切只是场诡异的梦。然而，视频中的女孩拿水往自己的头上倒下，还发出了喷溅声。

汤米的评论是："噢。"

接着，视频里出现的是个湿淋淋的女孩，身上的衬衫让她非常娇小的胸部一览无余。我最大的恐惧。

我点阅视频下的评论，腹部随即泛起一股恶心感。有一则评论写道："漂亮的两粒葡萄干！"那还是最仁慈的评语。我啪地合上电脑，躲回床上，拉起棉被盖过头。

一小时后，手机响了，有短信传来。我不予理会，也不去看后面传来的第二则短信。我的朋友看过视频了吗？我把自己埋进更深的被窝里。

七点半，老妈在门前叫我："甜心，你还好吗？你会迟到。"

"我很好，准备得差不多了。"我信口撒了个谎。

"我可以进来吗？"

"嗯，等一下。"我匆匆穿上牛仔裤和上衣，在开门时硬吞下一个哈欠。

老妈越过我的肩头窥看房里，大概在找有没有毒品："我昨晚煮了芦笋汤。你要不要带一些午餐时喝？"

"听起来很不错。谢谢。"

我一关上门，立即奔向手机。西妮和丽芙传来的短信和昨晚的派对有关，主要都在表达她们有多么希望我也在场。最后一条信息是汤米传来的，他说："打给我！"

我打了。当他接起手机时，我说："我看到了。好恐怖。你的评论又是怎么回事？"我不是很在意他的评论，但这比问他对我的胸部做何感想要容易得多。

"我只是想让视频好玩一点儿，也是给你一个借口，你知道的，以防万一。"

"以防我临阵退缩？"

"以防你改变心意。这没有什么好丢脸的。"

我揉揉太阳穴："唔，我想我该谢谢你。不论如何，你的评论比其他人写的话好多了。你有没有看到那些评论有多么讨人厌？"

他清清喉咙："别理他们。情况没有你想得那么糟。有些在'露臀抗议'类别的视频得到了三百条评论。"

"没办法让他们把视频撤下吗？我的意思是，技术性上来说，他们公开一个未成年少女，呃，祖露胸部的视频，不是违法的事吗？"

"呃，露屁股的视频似乎没有人在意。还有，'试胆任务'只提供申请表和视频链接的联络方式，我们没办法直接和他们的人对话，即使在他们的托管网站上也追踪不到。好像他们在海外，从一个服务器跳接到另一个服务器地控管。"

我一只手抹过前额:"谢谢你的帮忙,汤米。"

"只要我们两个缄口不提,我们认识的人可能不会看到。'试胆任务'明晚一进行实况转播,注意力就会全转过去。"

我很想相信他的话。他说得合情合理,声音又那么抚慰人心:"好吧,我们绝口不提在'来杯爪哇'发生的事。"

"没问题。"

我向他道谢,挂断电话。上学途中,我觉得四肢乏力,但到校之后,大家的表现似乎都很正常。我第一次庆幸校长规定在校舍内不能使用手机,只有紧急状况例外。我若无其事地度过半天,到午餐时间,已把所有的惊慌抛在脑后。

那天下午,在置物柜前与汤米擦身而过时,我低语道:"目前为止,一切都好。"

放学后,我火速解决家庭作业,早早用过晚餐——反正也没什么食欲。我答应老妈会准时回来,五点左右便离开家。到了剧场,那里已经洋溢着表演前热闹哄哄的亢奋情绪。我第一个本能反应是去灯光室找汤米探听情况,但西妮跑来找我,给我看一篇对公演赞美有加的评论,作者宣称契努克高中有几位指日可待的明日之星,还替文章配了一张西妮甩马修一巴掌的大幅剧照。

她的双眼炯炯有神:"我好喜欢那一幕。"

马修揉着脸颊加入我们,仿佛仍感觉得到痛:"我认为你也太喜欢了一点儿。"

我仔细观察他们两人的表情,寻找任何一点儿爱苗滋长的迹象。西妮翻了翻白眼，往女子更衣室走去，完全没有与马修来电的样子。马修的目光在她身上逗留片刻，不过很快就转过来看我。

他轻点了一下我的鼻子："准备好替我化妆了吗？小薇？"

"当然。"我拿了化妆箱，和他一起进入男子更衣室，里面除了我们，没有别人。

我抽出粉饼，从水槽接了一杯水。马修用束带把头发往后拢，我蘸湿化妆棉，开始上妆。当我倾身帮他打粉底时，他一只手搁在我的屁股上。我发誓我隔着衣服也能感受到他掌心的温度。

"昨晚在艾许莉家时很想你哟。"他的嗓音粗哑。

哇，他以前从来没说过他会想我。或许我的未来比我所以为的更"充满希望"。

"是啊，不能去真讨厌。不过今天还要上学，明天的派对会更好。"

"你确定今晚不能出来？就算只是喝杯咖啡之类的？"他捏捏我的屁股。

咖啡？我的胸口一紧。他不可能看到视频吧？会吗？

"真希望我可以，但我们明天再出去玩，好吧？"我的手指笨拙地摸索着，抽出要涂在他鼻翼和下巴上的乳霜。

我很想问他为何突然对咖啡产生兴趣，可是有几个男生走了进来，到帘幕后更衣。我替马修上妆的时候，更衣室内的人越来越多，我们没有了私下谈话的机会。他的妆化好后，换成其他演员轮番坐上化妆椅。然后，我又去了女子更衣室，替女演员的脸和头发做最后的修饰。她们大多能自己画好底妆，不过我必须动作快，才能赶在第一幕时拉开布幔。他们真该找别人来做这件事，但道具和特效团队要替阿富汗村落的场景做一些棘手的准备。

布幔拉起后，我在舞台两侧晃来晃去，确保每个人的装扮都没有出错，才走回后台清理工具。我一踏进女子更衣室，艾许莉和莉亚便停止交头接耳。我和她们不是最好的朋友，不过以前有我在场时，她们说话不会这么小心翼翼。

我把用过的化妆棉收集起来准备消毒："听起来，每个人昨晚都玩得很愉快。抱歉我爸妈不让我去。"

艾许莉点头。"我了解。"她又喷了点儿发胶，比剪纸作业上的胶更多，"嗯，你还好吧？薇？"

我的肩膀一僵，对她的问题涌起一股恶心。五个月前，在医院待了一周后，问我这个问题的人太多太多了。我立刻切入自动反应模式："很好啊，你为什么这么问？"

"噢，没什么，只是你看起来有点儿累。"

真好，这是中年人的暗语，意思是：你露出老态了。"我想我也需要化点儿舞台妆。"我勉强一笑，匆匆走去男子更衣室。

到了那里，约翰和麦克斯对我诡异地皮笑肉不笑。是我的想象吗？我太偏执了，对吧？那些人随时都在假笑。我不再和他们有眼神接触，东西收好就往外走。出了逃生门后，很幸运地发现那里没有人。多亏了西雅图严格的公共吸烟法规。

我抽出手机，点击"试胆任务"的网站，看到我的视频底下有一百五十则评论。我有勇气看吗？有部分的我感觉很苦恼，但也有很小一部分的我，因为得到这么多的注目而受宠若惊，只是还没到想去阅读那些评论的地步。所以我转而登录自己最爱的购物网站，把一些高阶美发产品放进愿望清单，虽然剪个好发型比较实在。

我打了个冷战，真希望自己不用在中场休息时间回去拉下布幔。若是就这样丢着不管呢？当然，我不会那么做。尽管老爸老妈不认同，但我其实是个很有责任感的人。

我深吸一口气，返回室内，跑到舞台侧面。等这一幕结束，布幔放下，我立刻就往逃生门跑，不料却被西妮一把抓住："我们需要谈谈。"

糟糕。我没有停下脚步，所以她也跟着走出去。她拉拉我的手臂："马修刚刚偷偷跟我说，你参加了'试胆任务'。他在说什么？"

肺部空气瞬间放空。我倚着粗糙的砖墙："好吧，不要生气。我只是因为昨晚没办法去艾许莉的派对而不太高兴，所以做了一场小小的初级挑战。"

她似乎霍地从地面升高："你做了什么？"

"我知道，那很蠢，而且也出了问题。我把水倒到自己头上，却没想到衬衫会变得透明。噢，天哪，真是一团混乱。"我把头埋在双手中。

她嘟起双唇喷了一声："别说了。情况大概没那么糟。我们一起处理这件事。你的手机呢？"

我不想抬起脸来，所以只用手肘比了比口袋。她抽出手机，我听到点击的声音。她那么想参加这个任务，当然知道要去哪里找到网站。有一秒钟，我因为自己做了小西看准要做却还没做的事情沾沾自喜；但接着我意识到她永远不会笨得让事情这样演变，满足感顿时消失无踪。

"所以你做了哪项挑战？"她问。

"咖啡馆。"我透过指缝说。

更多点击声。然后……

"噢，我懂了。"

我放低双手："就说吧。"

她的表情很严肃："唔，好吧，我们停下来思考。"小西不只是个金发美女，她的成绩还清一色是 A。

"不需要再想了。我想回家。"

"不，不，逃跑只会让情况更糟。何况视频里走光部分不多，你毕竟有穿衣服。或许我们可以逆转情势。有很多名人都从外流的性爱视频中崛起。"

"这个嘛，我的事业目标并不包含电视真人秀。"

"好吧，不过那些女孩能够走出困境是因为她们抬头挺胸。所以，最重要的是：不要道歉。有人提起时，你只要露出微笑，耸耸肩，像是：噢，哎呀，谁都可能会碰到这种事。"

我把手机从她手里拿走，开始浏览评论。没错，有一条是马修留的。他写道："小薇，我不晓得你这么敢！"

这下可好。我关掉网站的链接，检查我的邮箱，发现有几个朋友劈头就在主题上问我："你在搞什么？"另外几则是熟人发来的，打开后是一堆的惊叹号和问号。有一个我不认得名字的女孩在主题上骂我是个荡妇。她怎么会有我的信箱网址？我删掉那则信息，关掉手机。

西妮站在门口："准备好了吗？"

"我想是吧。"我昂首阔步与她一起走向女子更衣室，眼角余光却注意到大家的脸都朝我转过来。

进入更衣室后，西妮宣布："我最好的朋友有胆参加了'试胆任务'的挑战！"

其他的女孩起初露出惊讶的表情，但当她们看向我时，我微微一笑，耸个肩，大家便爆出咯咯笑声，纷纷过来与我击掌。真的吗？她们问我有多么紧张，还有我是不是故意穿了件会透明的衬衫，等等。我挺直身躯，迎上她们的视线，据实以答。我谈得越多，越觉得没有问题。

马修带着一个色眯眯的微笑走过来："嘿，咖啡馆女孩！来杯双份奶泡。"我没有阻止他紧紧的搂抱，但暗自抗拒着困窘的感受。他在我的耳边低语："就说嘛，你应该要上台的。"

他放开我，掏出自己的手机，开始播放那段视频。大伙儿挤成一团一起观看。我跟着其他人一起朗声大笑，内心却希望他能关掉。抬头挺胸，头要抬得高高的。这份假装出来的、即使大难临头也面不改色的自信，我希望能够越练越上手。视频播放到第二次时，汤米带着不解的神情从门口走进来。

马修把手机递出去："嘿，兄弟，要看薇的挑战吗？"

"视频中的旁白是汤米的声音。"我对房间里的人说。

每个人都扬起眉毛，马修拍了一下汤米的背："干得好！哟，后台人员登场了！"

众人哄堂，马修又播放了一次视频。汤米眼带疑惑地看着我，我只是耸耸肩。谢天谢地，头顶大灯闪了一下，暗示中场休息时间只剩下一分钟。

马修要离开时，我把他拉到一旁："对了，你怎么会发现我的视频？"

他耸耸肩："他们传给我的。"语毕便匆匆离去。

我独自站在更衣室中央，像是刚赛跑完似的喘着气。为什么外头有那么多人，"试胆任务"却独独把我的视频传给马修？然后我幡然醒悟。他是我的紧急联络人。可是他们没把视频传给小西和汤米啊，真是奇怪。

尽管很想回到逃生门外，我仍尽力表现得与平日无异，站到舞台旁边，默念着每个人的台词。戏必须演下去，演出也如前一晚那么顺畅。当舞台上演到接吻的那一幕，我想象我才是被马修揽入怀中的女孩。我确定他们四唇相触前，他的眼睛是直直看着我的。一千年、两千年、三千年，他们分开了。或许明晚的派对就轮到我被吻了。

表演结束后，我的朋友丽芙和依露伊到后台来，不只是想向大家道贺，肯定也是想来查看我的情况。"试胆任务"在话剧演出中把我的视频传给她们，她们传了至少五则短信问我那是怎么回事。我向她们保证，我只是没事找事做，一切都很好。她们是优等班的学生，比我其他的朋友更难以说服，不过她们没有追问下去。暂时。

"你回家前想和我们一起混会儿吗？"丽芙问。

"好想喔，可是到了你家以后，我才待个十分钟就得回家。你们明天要来，对吧？"她们包办了话剧的广告海报，又在校刊上写了一篇光芒四射的介绍文，所以拥有闭幕夜派对的入场许可。

依露伊笑了："丽芙正在强力游说我。会啦，我会去。"她交抱双臂，我注意到她空有副高挑纤细的身材，却穿着一身没有特色的牛仔裤和毛衣。倘若我要替谁做大改造，人选一定非她莫属。只要穿对衣服化对妆，说她是小西的姐妹也可以。只不过小西有多么外向，她就有多么害羞。依露伊和丽芙转向其他人道贺，我开始整顿戏服。

马修过来找我，"扑通"一声坐到化妆椅上，给我一个探问的凝视："想错过门禁吗？我可以帮你多拍一些视频。"

"哈！我要是迟归，就会被禁足到天荒地老。不过我现在离门禁还有三十五分钟，还能在这里混个二十分钟。"

他检查他的手机："该死，这样几乎没有时间喝点儿啤酒。"

"我们又不是真的需要啤酒，不是吗？"

他抹抹前额："或许你不用，小薇，可是我好渴。二十分钟，唔，时间不够，不是吗？"

"我想是吧。"

他的朋友拖着脚步大声嚷嚷着走进来："来吧，兄弟！"

他起身在我的头顶印下一吻："等不及明晚的派对了。我们应该把'请勿干扰'的告示挂在更衣室门上，对吧？"

哇，我纳闷他的意图是不是比我想的更激情一点儿，但我嘴上只说了句："明天见。"

西妮已经换下马甲，穿着不比戏服保守的迷你小洋装走回来，后面跟着丽芙和依露伊："我想你成功骗到大家了。"

"这都要感谢你。玩得愉快喔。"即使今晚没有演员派对，依然是个周五之夜。

她嘟起嘴来："你解禁的时候，我一定会乐翻天。"

"只剩一天。"

她摇摇一根手指："那就别搞砸了。不要再做挑战，好吗？"

"你在开玩笑吗？我反正很快就得回家了。"

她给我一个拥抱，向我道别，丽芙和依露伊也是。然后，与前一晚如出一辙，我又一个人收拾残局。完事以后，我拿着手机坐下来，读了几十条信息。令我惊讶的是，内容大多是叫好。哟。

倒数几条短信中，有一条是"试胆任务"传来的。我很想删掉，但，看看何妨？或许他们想恭喜我在如此令人无言的挑战上受到不少注目。

阅读短信时，我的心小小跳了一下：

薇，你好！

你得到了许多人的赞赏！

我们想邀请你进行进一步的资格挑战，而且会让你觉得很值！看看底下的内容吧。

我在咖啡馆视频的静止画面上点了一下，发现他们对我的影像做了修改，照片中的我，穿着几周前我在"这就是我"网页上贴过的一双鞋。哇，那可是双令人艳羡的鞋，得排三个月的队才买得到棕色款，而照片中这双还是限量的红鹤款！"试胆任务"的人脉一定很强大，不然怎么知道我在对这双鞋流口水？有人告诉他们怎么连上我的网页吗？

我往下阅读"试胆任务"的信息：

想要赢得这双鞋，你今晚必须再回那家咖啡馆。一位名叫伊恩的男生（照片如下）会在九点四十分进入馆内。叫他买一杯拿铁请你。当他排队等候服务时，你必须站在咖啡馆中央，闭着眼睛唱《墙上的一百瓶啤酒》（*One Hundred Bottles of Beer On the Wall*），直到他把咖啡递给你为止。

啥？"试胆任务"为什么要我回我出了大糗的咖啡馆去？唔，废话，还有哪个地方会比那里更令我尴尬？没关系，我反正也不能去。不能进行更多的挑战。我答应西妮了。

可是，那双鞋。

再说，最后一切都没问题，不是吗？更何况这次的挑战中没有水。只是唱唱歌，还有见一个男生。我太专注在自己的思绪当中，若不是汤米走过来，我完全没有意识到他也在场。我把手机拿给他看。

"不行。"他说。

我瞥了一眼手机上的时间："如果现在去，还来得及完成。"

汤米的脚跟抽搐似的往上弹了一下："如果你真的想加入'试胆任务'，明晚以窥视人的身份登录就好。"

"只要接下挑战就可以赚钱，为什么我还要付费观赏？我这辈子看得已经够多了。"此外，我好想拥有那双鞋。我仿佛闻到了那个皮革的味道。

我和汤米像是两个西部牛仔，站在那里瞪着对方。两个明明得开枪或骑马才能讨生活，但对这两者却都一窍不通的瘦巴巴的牛仔。但我对这次的挑战考虑得越多，越觉得：有何不可？

汤米一定察觉了我的意图。他说："唔，如果你执意要做，我会陪你去，当你的摄影师和保镖。"

我克制住自己，没有扑哧笑出来。我想，有一个电脑怪咖做保镖，应该比没有保镖要好。多少呢，我也确实需要有人帮忙摄影，我们会是一个很好的团队。

"不过这次我们必须开两辆车去，这样我才能快点儿到家。"我跟他说。

当我冲向我的车时，汤米也在旁边跑着。我点击一个链接，很快地打字填写要我同意一连串额外条款和条件的申请表。我扫视一遍内容，检查过后就把手机收起来。脖子开始冒汗了。

进入车子之前，我问汤米："你想咖啡吧台员看到我会不会叫警察来？"

他蹙起眉头："大概不会马上就叫吧。"

不知怎的，这个答案让我略略发笑。不会马上叫就已经很好喽。

第三章

"你必须告诉大家，我是个很棒的情人。"

————————

　　我在九点三十六分停好车，走向咖啡馆。在路上我检查手机，找到挑战伙伴伊恩的照片。他有一头长及下巴的黑发，与发色一样深邃的热情双眸，还有锐利的颧骨。换句话说，非常性感。

　　所以，我必须叫一个帅哥买咖啡请我，然后在等他的时候唱歌？第一部分我还应付得来，但在公共场所唱歌？回家开始像是个更好的选择。虽然得不到向往的鞋子，却也没有令人想死的困窘。我提醒自己，我是昨晚完成一项挑战、博得许多赞赏的人。好吧，那些大概都是喝醉酒的怪人，除了浏览一千段视频，放慢速度看女人的乳沟以外，没别的事好做。不过，怎么说他们都是我的支持者。

　　到了咖啡馆，我遍寻不着伊恩，便拖着脚步慢慢走，汤米则在中央区域找到位子。几个穿袜子配凉鞋的男人行色匆匆地走进来，似乎在找人，直到他们看见了我。他们在附近找到空桌，一个劲儿地往我这边瞧。在一般人眼中，他们是典型的西雅图男人，尽管持有智能手机，却丝毫不具时尚感。当他们的手机对着我时，我意识到他们必定是"试胆任务"派来录制挑战过程的窥视人。噢，讨厌。掌控任务的人当然想看看玩家在有现场观众的压力下反应如何，但腹腔顿失重心就是我的反应。

我扭绞双手，一下子踮起脚尖，一下子又放回地面，视线低垂。每隔几秒，我会冒险抬眼看向门口。伊恩在哪里？挑战说他九点四十分会到。"试胆任务"知道我有门禁吗？一如他们知道我想要那双鞋？我确定自己曾在"这就是我"的网页上发文，抱怨我的禁足刑期。凡是看过我的网页的人，都会知道门禁和许多其他的事。唔，管他的，反正那些也不是秘密。

我站着等着，感觉像是过了一小时，实际上却只有两分钟，接着伊恩走了进来。看得出他立刻认出我来，但他没有开口说话。他的身后有一个苗条的女孩，拿着手机在几米外快拍了一张照片。我猜他也和自己的保镖一起行动。

当他在我面前停下脚步时，我交抱双臂。手机照片没有捕捉到他黄褐色的平滑脸颊，以及两条长腿在磨损得恰好的牛仔裤内走动的模样。不过，他笑一下是会死吗？

我说："嘿，你可以请我喝一杯拿铁。我最喜欢榛果口味。"这样说像不像个歌剧女伶？

他嘟起嘴来："所以呢？"

啊？这也是他的挑战，不是吗？或许操作指令是"命令"。

我踮起芭蕾舞平底鞋的鞋尖，拨了拨头发："你什么意思？我要一杯拿铁，现在就要。"

他走上前来，我不得不仰着脖子，才能看到他的脸。

"你以为我是谁？"

我猝不及防："你是伊恩，不是吗？"我的声音听起来像是卡通里的人物。

"对。"

"那么，我是薇。"

他的嘴角上扬："薇的全名是什么？"

好吧，这可是秘密了："重要吗？"

他耸耸肩："我想，不重要吧。"还是没有要买拿铁给我的样子。

我大声吐气："很好。看来我们都输了。除非你的挑战是当个混账。"我朝门口走去。

他抓住我的手臂："什么？你这么快就要放弃？"

我歪了歪头。他在打什么主意？"你要不要买拿铁给我？"

"你的挑战可以得到什么？"

一双杀手级的鞋子，笨蛋："你到底想说什么？"

他靠过来："我的挑战中有一部分取决于你。"

"怎么说？"

"你必须告诉大家，我是个很棒的情人。"他咕哝着说，我几乎听不清楚他说的话。

"什么？"

"你必须告诉我，很大声地，说我是个很棒的情人。"

这真是他的挑战？还是他想激怒我？或者，惹我生气就是他的挑战？但如果我向大家宣告他是个很棒的情人，他还是不买拿铁给我呢？那么他会完成他的挑战，我则一败涂地。哇，阻止我完成挑战可能就是他的挑战。老天，任务才进行到第二场，阴谋论就在我的心里回旋。"试胆任务"是故意的吗？

我一只手放在屁股上，另一只手指着伊恩的胸口。我看过西妮摆这个姿势上千次。每次她想强烈表达她的意见就会这么做："去排队买拿铁。等你点了拿铁之后，我会告诉整家咖啡馆的人，你在床上有多么骁勇善战。"

他盯着我瞧了一秒，或许也在考虑要不要相信我："一言为定。"

他去排队了。我沾沾自喜之余，却也惊觉我的挑战中最糟糕的部分才要开始。我深吸一口气，在周遭的窃笑中闭上眼睛。我的头又开始晕了，心跳得很不规律。这就是恐慌的感觉吗？置身在黑暗中只是让情况变得更糟。我一向怕黑。我的想象力会被各种可能弄到发狂。万一有人从上方打我的头呢？或者掀我的裙子？我感觉好脆弱，不由得泪水盈眶。噢，该死，我在众人面前掉眼泪。这对"试胆任务"来说还真是个好节目。我突然对任务涌起一股愤怒，而怒火烧掉了我的惊慌。很好，维持这份怒气，唱歌吧。我张开嘴，令人惊讶的是，歌词就这么出来了，虽然颤抖又走调，但确实是在唱歌。

唱出第一句歌词后，我赫然发现自己还有一个麻烦。眼睛闭着，我根本看不到伊恩点餐了没有。我怎么知道何时要大喊他是个很棒的情人？如果我太早做，他会不会失信于我？我的指甲掐入掌心，但没有停止唱歌。

笑声从四面八方传来。或许有人会去挑战伊恩，看他敢不敢把一杯浓缩咖啡倒到我的头上。我感觉有人靠近，身子不禁瑟缩了一下。

"他刚刚点了你的饮料。"汤米低语,并把一张面纸塞到我的手中。

我好想给他一个拥抱。"谢谢。"我在两句歌词之间挤出一个感谢,擦了擦脸颊。这时我才想到为何我不偷看,还有汤米怎么晓得我不会偷看。

我的胸口燃起了希望的火花。挑战就快完成了。虽然还需要协助伊恩完成他的挑战,但我不是卑鄙小人,当然不会脚底抹油。我的内心完完全全就是个老实的魔羯座。

我的眼睛闭得更紧了,大声喊道:"伊恩,你是我有过最棒的情人!"全场爆笑出声,我的双颊犹如火烧,却仍不停地唱着我的啤酒歌。

唱到墙上第六十三瓶时,我感觉又有人过来了。伊恩的声音说道:"这杯拿铁给我交往过最棒的女友。"他用男高音清唱起《美丽的女孩》(*Beautiful Girl*),歌声听起来四平八稳,如果是在学校,一定能争取到话剧的主角。

我睁开眼睛,在他对着我唱情歌时接过热咖啡。这几乎和在公共场所唱歌一样尴尬。几个拍摄视频的人中,有人对我们竖起两根大拇指。尾随伊恩进咖啡馆的女孩边拍摄边低声轻笑。附近还有两个女孩在手机上打字。她们在替我们评分吗?虽然不是真的想要参加实况转播回合,我还是找到藏在内心深处的西妮,给她们一个游行式的挥手致意。我想要的只有那双鞋。那是我赢来的奖品。

谢天谢地,他终于唱完了。好,挑战结束。咻。

我对伊恩举杯:"好极了!"

他对我一鞠躬，并对窥视人摆出拍照的姿势，特别是对他那位模特儿般的女摄影师。她大概是他的女友。然后，他笑了。哇，笑容让他的脸整个儿不同。他的牙齿超级洁白又整齐，两颊的酒窝深到可以把硬币插在上面。

汤米紧缩着下巴加入我们，一边细细打量着伊恩："九点四十九分了。"

我转向伊恩："我得走了。谢谢你的拿铁，还有那首歌。"

他对仍在手机上打字的女孩们挥挥手："抱歉，我不得不表现得像个混账。先惹你生气，再要求你大喊情人的事，全都是挑战的一部分。"

"很高兴听到那不是真正的你。"

他仔细瞧着我，似乎想把我看透，但觉得还少了点儿什么："你让挑战高潮起伏，真是令我印象深刻。"

我挺起胸膛。我确实让挑战变得更精彩，不是吗？"你也是。"

昨天拿拖把拖地的咖啡馆吧台员对我们投来愤怒的眼神。该下台了。

"祝你好运，伊恩！"我说，旋即与汤米快步走出咖啡馆。

冷空气倏地与我擦身而过，但不像前一晚那样寒气袭人，倒有种令人焕然一新的感受。我成功了！我成功了！我们笑着朝车子慢跑回去，途中我还差点儿掉了一只鞋子。这才是真正的我。我觉得自己就像是从舞会中跑出来的灰姑娘。

第四章

"不可能了，任务开始了。"

———————

汤米摇着头，似乎不敢相信我真的做到了："恭喜。"

我在人行道上蹦蹦跳跳。我上一次这样跳着走是什么时候？小学一年级？"谢谢你的帮忙，汤米。没有你我真的不行。你要是个女孩，我会把我得到的鞋子借给你穿。"

他的嘴角略略垮了下去："啊，你这是在跟我说谢谢？"

"你知道我的意思。你太棒了！"我坐进车内，"真希望我们能去庆祝或做点儿什么，但你知道我爸妈。"

"是啊。明天见。"他徘徊了一会儿，仿佛在等我多说点儿什么，然后尴尬地一耸肩膀，帮我关上车门。

回家路上，我打开收音机，调高音量，跟着乡村歌手唱着她如何报复一个负心汉。为什么这种歌都这么好玩？当我在车库停车时，我甚至还有一分钟可以打发。太好了。我用华尔兹的舞步穿越后门走廊，很想大喊《玫瑰舞后》（注：*Gyspy*，1962 年电影，改编自百老汇音乐剧，描述热爱表演但生不逢时的玫瑰将梦想寄托在女儿身上，但现实却让一切无法顺心如意）中的一句台词："一切看来都带有玫瑰的色彩。"但就怕会引起老妈一连串的问题。她坐在客厅里，假装在看一本书。

我给她一个拥抱，希望自己闻起来没有咖啡味："公演棒透了。"

"真好，甜心。你爸和我很期待明晚的演出。"

"第三晚是有魔力的。你们会很庆幸你们等了两天。"

我舞动身子走上楼梯，即便是在准备就寝的时候，嘴里也不停地哼着歌。我在脑海里《西区故事》（注：*West Side Story*，百老汇音乐剧、好莱坞电影，改编自莎士比亚的《罗密欧与朱丽叶》，将时空背景换到近代美国的移民社区中，描写分属敌对团体的青年男女相爱之后试图跨越鸿沟，却又不幸失败的故事）的旋律中甜美入睡，兴奋到忘了关手机，所以它隔天早上八点一响就把我吵醒。我不予理会，翻个身，继续做着关于马修的美梦，嗯，还有咖啡馆内的帅哥。

电话再度响起，然后又响一次。谁这么早就想聊天？我睁开眼睛。和挑战有关吗？我很快地回想了一遍昨晚的事件。这段视频中应该没有什么会令我尴尬的。没有。

不过我还是一跃而起，检查手机。

第一条信息是西妮传来的：

你怎么可以这样？

噢，我忘了我答应过她不会再进行挑战。不过等她看到那双鞋，她就会明白了。可惜小西的脚人我两号，否则把鞋借她穿就能安抚她的怒气。

下一条信息也是她传来的，内容不太客气。但我又没有再次走光或是做什么尴尬的事，除非把我荒唐走调的歌声也算进来。她何必介意呢？然后我懂了。她想申请加入"试胆任务"。很认真地。我的挑战大概让她想起她没办法做的事，至少这个月已经来不及了。她没什么好嫉妒的，我又不打算参加实况转播回合。我挑战只是为了好玩而已。唔，不是好玩，说得准确点儿，是为了一双鞋。

我等到吃完早餐才回她短信，并把"试胆任务"传给我的影像——就是那张我穿着限量鞋款的图片——转发给她。她的回应是直接打电话来。噢，不妙。

我一接起电话，她便大吼："我才不在乎你的奖品。你说你不会再玩。万一出了什么问题怎么办？一个我没法像上次那样轻易帮你收拾残局的问题？"

我一只手梳过头发："没有人要求你帮我擦屁股。只是多一场挑战。你也看到了，我的衣服没有湿，没有走光，那个男生也很好。即使他有问题，我也有汤米在身边。"

"你不明白。万一他们派了其他玩家骚扰你，或是做一些真的很恐怖的事情呢？记得他们对那个有强迫症的女孩做了什么吗？"

我打了个哆嗦："可是那是在实况转播回合。听我说，没有人受到伤害。我赢得了一双很棒的鞋子。任务结束！"我想象她在电话的另一头摇着头。

"薇，有时候我真的不懂你，你就像是会自我毁灭还是什么的。"

我全身上下每块肌肉都紧绷起来："你在暗示我曾经试着伤害自己？所有人中，你最清楚那晚我陪你背圣诞表演的台词有多么筋疲力尽，还记得吧？你竟然暗示是我故意让引擎继续运转的，你太差劲了，太差劲了。"

"我根本不是在谈那件事。"

"当然。"

我们陷入沉默，好一会儿都没人吭声。

"听我说，我还有事情要做。"我说。

我们没有再说什么就挂了电话。真好，就在闭幕夜这一天，当我和最好的朋友应该为了我重获自由的第一晚做计划时，她却找我的碴儿。小西怎么会这么快就知道挑战的事？她早上第一件事是检查"试胆任务"的网站吗？还是跟第一场挑战之后、掌控任务的人传视频给我其他的朋友一样，他们通知了西妮？

我上线，在任务网站找到"进阶资格赛"的视频，发现它们全部免费播映。大概是为了引起兴趣，好让实况转播回合时大家愿意付费观赏。我三两下就找到自己的视频，看到观众留下的评论超过了一百则。真的吗？我不觉得那场挑战有那么令人兴奋。我播放视频，听到汤米在一开头的时候说，伊恩若真能得到像我这样的人该有多么幸运。真会说话。不过视频显然被"试胆任务"剪辑过，因为接下来的部分切换到伊恩那边，还听到一个女生的旁白，描述她想要对他做些什么，说得十分活灵活现。是跟在他后面进来的女孩做的评论吗？他们正在交往？还是任务指派她当他的窥视人？

画面进行到我唱歌的部分。看着视频中的我惊恐万状，我的脸忍不住抽搐了一下。不过我在镜头前的确有某种魅力。我不想承认，但的确有个什么让我显得好无辜。或许是因为我在伊恩旁边看起来特别娇小的关系。说到镜头前的魅力，那个男生简直像个电影明星。他的轮廓怎么会这么分明呢？

虽然到现场观看比在线上观看的费用要贵上三倍，但浏览视频底下的评论时，我发现有几十个女孩恳求，若是伊恩入选实况转播回合，她们想要登记成为现场窥视人。当然，现场窥视人如果捕捉到诱人的视频画面，也会有奖品可拿，但那个机会微乎其微。

其余的评论分成男女两派，男生说我看上去多么可爱又多么惊恐，女生则宣称她们会成为伊恩更好的伙伴。那个男生有一些很认真的支持者。

唔，祝他今晚中选。我默默地对他传送祝福以后，"试胆任务"那则"看看有谁在玩！"的广告跳了出来，附带第一批入选实况转播的玩家视频。实况转播回合将在华盛顿特区和佛罗里达的坦帕城两地举行。几分钟后，另一则"看看有谁在看！"的广告开始播放已经登记收看的观众照片，无论他们选择在线上观赏还是现场窥视。我想，就连观众都希望能有属于他们的成名时刻。

既然参加过两场挑战，我也很有兴趣观看，若非今晚另有计划，我大概真的会看。"试胆任务"下个月和下下个月还会有，可是我现在就想和马修在一起。

该是退出登录、开始这一天的时候了。我做了数学作业，替时尚设计课画了设计稿，还在休息时间烤了三种不同的甜点，准备今晚带去派对。不过时间还是过得很慢。

五点一到，我便坐进我的车。抵达剧场后马上替大家上妆，比平常更忙。因为每个人都想在闭幕夜看起来不同凡响。轮到小西化妆的时候，感觉很怪，她照旧活泼地和周遭的人说说笑笑，会注意到她和我几乎没有眼神接触的人肯定只有我一个。当有人提到我好厉害，竟然完成了两场挑战时，她很快地转移话题。

又有一大束鲜花送来，更衣室内充满了牡丹香气。其他女孩不断问是哪位影迷送的，小西却坚持不肯透露。我帮她粘好假睫毛，她旋即离开更衣室。

还好马修一下子就转移了我的心思。我帮他化妆时，他一只手放在我裸露的膝盖上。他原本想趁我在忙的时候播放我在"试胆任务"的视频，不过遭到我的斥责。我叫他不要再动来动去。

他举高另一则"试胆任务"的广告："他们在奥斯丁展开了一场实况转播回合。我敢说你戴牛仔帽、穿着有马刺的靴子一定很好看。今晚想不想挑战呢？小薇？"

"如果你说的是在头上倒更多的水，我可没有这个打算。"我希望他不是这个意思，因为我好喜欢身上这件古董织锦外套和丝质迷你裙。可惜为了后台的工作，我不得不穿着一双呆笨的平底软鞋，若配靴子会迷人得多。不过，我另外搭了一件《真爱如血》（注：*True Blood*，美国热门影视剧，以吸血鬼与超能力者为故事主轴，后续又添加了变形人、狼人等角色）的T恤，还别上了在物产拍卖会上找到的吉米·卡特（注：Jimmy Carter，一九七七年当选美国总统，也是二〇〇二年诺贝尔和平奖得主）徽章，替整体的装扮添上完美的折中派主义（注：意指将不同来源与风格的东西组合在一起）。当然，男生不懂得欣赏精心搭配的服饰，也不了解吉米·卡特。

替马修和其他演员画好妆、换好戏服后，我在演员和工作人员之间艰难移动，大多数人都在我的手臂上拍一下，或是与我击掌，恭喜我完成两场"试胆任务"的挑战。他们那兴高采烈的样子，提醒我要细细品尝闭幕之夜的璀璨。这一晚的每一刻都会在苦乐参半的怀旧和飘飘然的成就感之间盘旋。或许我和西妮能在派对前和好，如果我向她道歉的话。

连续第三晚，演出进展得一帆风顺。我想过去几个月的练习总算有了回报，尽管那些努力马上就会变成影片中的回忆。

到了第三幕，我站在舞台边，避开布满灰尘的天鹅绒布幔，呼吸着老旧木头的味道。我从布幔边缘窥看观众席，找到一些熟悉的面容。丽芙和依露伊第二次来看公演。最右边那个身影好像是老妈。没错，在她旁边的人正是老爸，他的视线在剧场里游移，仿佛以为我会从看台的座位上摔下来。

我跟着演员默念那些熟悉的台词，这将是我最后一次覆诵，除非那些戏剧狂晚点在派对上再度献宝。终于，当表演进展到一小时又三十二分钟时，马修和小西的身体靠拢，给观众期待了三幕之久的圆满大结局。他用双手捧着她的脸，她优雅地后弯她的背，四唇颤抖，缓缓接近。前排一个女人叹了口气。我们都一样，间接品尝了那个吻。

一千年、两千年、三千年、四千年、五千年……怎么回事？已经过了无数秒，他们却拥抱得更紧，比剧本要求的更热烈，也比之前的吻持续了更久。我的胸口冒出一团小火。西妮竟然任由马修的双手如此紧搂她的身体，我打赌它们会留下痕迹。

我的手指沿着磨损的布幔绳索上下摩挲，很想扯下绳子，让这出戏提早结束。剧场如此老旧，大家一定会以为这是场意外。但当然，像我这样的女孩哪可能这么胡来。

终于，西妮和马修松开彼此，眼神却仍徘徊在对方身上，同时开始他们的合唱，接着全剧组的人即将齐声高歌。演员们快速地从我旁边走过，在舞台上各就各位。西妮鼓起胸部唱出高音，直到旋律的余音缭绕，台下响起一片热烈的掌声。我咬着下唇，拉下布幔。

趁演员们在鞠躬的时候，我冲到外面的逃生梯上。至少外头没有下雨，这在西雅图的春天里简直是个奇迹。

万万想不到我会这样度过闭幕夜。在我安排戏服，花了那么多个小时化妆，用了许多个下午与西妮一起背诵台词，直到我比她还了解她的角色，又替派对烤了三种甜点之后？今晚和马修长吻的人应该是我！

我一屁股坐下，隔着丝质的裙子，阶梯冷得像冰。我打开手机，把"这就是我"网页上的状态，从"充满希望"改成"接受提议"，然后贴了一段文字：善有善报这件事没发生在我身上。

我应该现在就走人，忘了那个愚蠢的派对和第一个自由夜。我自以为最好的朋友无法忍受别人夺走她的聚光灯，不是吗？我的挑战并没有让小西黯然失色。没有人像她一样收到两束花。它们是马修送的吗？小西对他也有同样的感觉吗？我的意思是，那个拥抱。演戏和假戏真做是有差别的。我的心思不断打转。他们有没有可能私底下早已成为一对？一个在五年级时挺身而出，不让恶霸取笑我的真实名字，还因此扭伤手腕的朋友，不太可能会这样骗我。可是，那个吻！

门开了。西妮要来道歉了吗？

汤米很快地眨了几下眼睛："你在外头做什么？"他在比我高一阶的楼梯上坐下，身上散发着松树般的气息。

我往上看了他一眼："我需要一些新鲜空气。"

他扬起嘴角："嗯，新鲜空气很好。"

"你不需要指挥布景组吗？"

"不用，布景明天才要拆。"

"我应该要发一则信息，提醒大家把戏服带去干洗。最好没有人还戏服时还臭兮兮的。"

"不然会怎样？"

我用一只手撑着下巴："或许我会把脏衣服挂在他们的置物柜里，外加一个防毒面具之类的东西。"对，这出戏里刚好就有防毒面具。

他的眼角带笑："想象不到你这样甜美的女孩会做这种事。"

"甜美的价值被过度高估了。"还有责任感、忠实和其他你会在我的毕业纪念册上草草写下的形容词。

他疑惑地看了我一眼。

演员走向更衣室时的零星笑声透过半开的门传了出来。我已经摆好冷霜罐和面纸，方便他们卸妆，不过我敢拿我在"古董之爱"一周的薪水打赌，大多数人会带着舞台妆参加派对。他们喜欢我替他们的眼睛做出的戏剧效果，还有我描绘出来的高耸颧骨。

我在四月的寒冷中颤抖着，感觉头快要痛起来了。眼睁睁看着死党公开对我中意的男生投怀送抱，烧掉了我的情感线路，让我处于一种麻木的状态。

或者，烧毁的只是愚蠢的那一条？因为接下来从我嘴里冒出的话竟是："所以，你们男生到底欣赏西妮哪一点儿？"这个问题真是愚蠢透顶，不只会让我像个不安的输家，还因为答案再明显不过：西妮能在十秒内让任何人觉得自己很重要，外加她的一头金发，以及她用紧身上衣和低腰牛仔裤充分展现的曼妙身材。更别提她在最后一幕穿的马甲了，她会一直穿到有人把她的带子一条接着一条解开。

汤米斜睨着我："呃，不是所有的男生都喜欢她那一型。我们有些人喜欢比较不那么，呃，引人注目的女孩。"他脸红了。

在他看来，喜欢复古衣物的娇小女孩就不引人注目或被人视而不见吗？我又不是没有试着让自己的条件好一点儿。

身后的门"砰"的一声打开了，力道大到撼动了整座楼梯，我的心也跟着翻了个筋斗。

马修的脸红红的，已经擦掉了半个妆。或者，是有人帮他抹掉的。

"嘿，小薇，我到处在找你。"

"真的吗？"我的声音听起来很尖。

他哈哈笑着说："真……的。"

汤米翻了翻白眼。

我站起来，拍拍裙子后面："怎么了？"

"我想，我们或许可以去一个比较隐私的地方。"

我的心仿佛要停止跳动："呃，当然。"我克制着高举拳头欢呼的冲动。

马修牵住我的手，拉我进室内。

“晚点儿见，汤米。”门“哐啷”一声在我身后关上时，我对他说。

许多演员与前来恭贺的家人和朋友拍照，我们在人群中艰难地前进。空气中弥漫着浓郁的古龙水味。有一刹那，我想我看到了老爸，但他的灰色小平头很快消失无踪。一定是别人的父亲。老爸何必到后台来呢？是来说“嘿，甜心，戏服安排得真好”吗？我的意思是，这是我重获自由的一晚，他们理所应当会放我一马吧。

马修带我走到走廊尾端，一间在紧要关头可以当作更衣室使用的小房间，里面空无一人。我还搞不清楚他在做什么，已经被从腰部举高，像小仙女般地旋转。

我哈哈笑了出来，感觉轻飘飘的。

他放我下来，轻轻点了一下我的鼻子。突然间我们又恢复了过去数周甜美暧昧的互动模式。这不是我的想象。或许我错看了他和西妮在舞台上的那一吻。他们毕竟是在演戏。

我的心跳得好快：“你今晚演得好棒。”

“这都要多谢你和其他的工作人员。”他用一条手臂环抱住我的肩膀，领我走向镜子，“你像个小天使，到处飞来飞去，帮我们换上戏服。你带来的食物看起来也好可口。”

他沉沉地坐到椅子里，我则把屁股搁在台面上。他会拉我去坐他的大腿吗？这个念头令我颤抖。

他抓住我的双手：“我可以要求你帮最后一点儿小忙吗？”

“当然。”真希望我刚刚补过唇彩。

他指着他的脸颊：“我不小心弄坏了我的妆。你可以帮我重画吗？小西说这个妆让我看起来很粗犷，我想顶着舞台妆参加派对应该很酷。"

我的肩膀垮了下来。他要我帮他补妆？因为西妮认为他的妆很有男子气概，所以他想保留这个特质？我坐在那里直盯着他。

他指了指我的化妆箱。一定是在找到我前就先带了进来。他从什么时候开始这么会做准备功夫？他打邦戈鼓似的拍拍我的膝盖："只是最基本的，不需要画得那么仔细。"

我深吸一口气，站起来，试着让高涨的失望情绪镇定下来："当然。"

我"啪"一声开了化妆箱，拿起眉笔和修容粉。一开始化妆，他就把手从我的腿上抽走了。我先强化他的下巴和鼻子，再画眼线。直到眼妆画到一半，我才让那个困难的问题渗透到脑海里去。马修真的喜欢过我吗？像我喜欢他那样喜欢我？或者我只是一条接近西妮的途径？

眉笔滑进他的眉毛，他缩了一下。

"对不起。"我说。画歪的眉毛让我有了个主意。我打算让他新上的妆有一点儿微妙的改变。粗犷和精神病态之间有条微妙的分界。我可以透过化妆技巧，让闭幕派对上其他女孩看着他的脸时，隐约升起一股焦虑感。我着手把他的眉毛画得靠近一点儿，但有个什么却让我停下手来。那个从来不让我大吵大闹或是和人起冲突的什么。我抑制住泪水，赐给马修要求的、明亮又性感的眼睛。

我把棉棒丢到垃圾桶里。"好了。"我们之间可能重燃眉来眼去的魔力吗？我在他面前坐下，注意到他领口上可能来自唇膏或腮红的污渍。

他把椅子往旁一歪，照照镜子："做得好，薇！还是你厉害。"

看他对着镜子自我欣赏，我一点儿也不觉得自己厉害到哪里去。他站起身来，嬉闹地对着我的肩膀戳了一下。没有感谢的一吻，也没有把我像小仙女般高高举起。

当他走出更衣室时，我开口问道："那些花是你送小西的？"

他停下脚步，露出心满意足的表情："她在'这就是我'的网页上写，玫瑰和牡丹是她的最爱。现在还是，对吧？"

"唔，既然在她的网页上，那一定就是了。"我"咣当"一声关上化妆箱。

"太棒了。派对上见。"他匆匆离去。

我现在最不想做的事情就是参加派对。这个晚上已经正式变烂。我越快离开这里越好。

我快步走去道具区拿我的包包。从我这里到礼堂的门之间，正是人山人海的场面，所以我决定从消防门出去。经过女子更衣室时，西妮朗声大笑，俨然是个被许多戏迷和那些臭死人的牡丹包围的明星。我没有力气挤过人群，更没法应付她对我要缺席派对一定会有的反应。早一点儿或晚一点儿，她反正会发现我离开了。大概是晚一点儿吧。

我仓皇地走出室外，想移动得比即将夺眶而出的大串泪珠更快。到了消防门外，我大大地、像是打嗝般深吸一口气。我怎么会像只患了相思病的小狗，被马修牵着鼻子走呢？

门咔啦打开了。哎呀，他又弄坏他的妆了？

汤米探出头来窥看："我没有跟踪你，真的。不过你在里面时看起来不太好。"

我用一根手指抹过眼底："我没事。"

他再度走到外头来："你要一些水或什么的吗？"或许他认为我们这些不引人注目的女孩很脆弱。

我强迫自己去想《喜剧中心》（注：*Comedy Central*，美国有线和卫星电视频道，专播喜剧和幽默节目）的节目，免得泪珠滚下来。"不用。"虽然几分钟前我才看过手机，但为了避免眼神接触，我还是把手机拿了出来。

看到最新的短信时，我的膝盖发软。"试胆任务"要在西雅图进行实况转播回合。

而他们选了我。

我一边阅读其余的信息，肩膀一边颤抖："噢，天哪。"

"怎么了？"

"'试胆任务'选了我！他们要在这里进行实况转播回合。"

"不可思议！"

"我知道。我十分钟内要给他们答复。"

他摇摇头："你也看到他们在上一场任务中怎么把那些玩家吓得半死。听过创伤后压力症候群吗？我堂哥从阿富汗回来就得了这个病。没有任何奖品值得你拿身心的健康来换。"

我一只手在屁股上摩挲："我同意。可是你知道有很多恐怖的东西都是假造的，就像话剧里的特效。我的意思是，你认为上次那个家伙是真的和老鼠一起被关在黑暗的电梯里吗？我想如果他要出去，他们就会放他出来。那只老鼠也一定是人家的宠物。"我咬着大拇指。为什么我马上替"试胆任务"辩解起来？

"在我看来，他的恐惧很真。"

"应该的呀。不过他们不能要求你做太危险或非法的事，会被告的。"

汤米发出呻吟，宛如我是个白痴："如果他们不会要求玩家做一些很可疑的事，为什么老板完全隐姓埋名？"

"他们的公司大概在开曼群岛，为了避税还是什么。"

他的声调透出一股急迫："我认为你没有意识到你面对的是什么。不是非得做个龙文身的女孩（注：*The Girl with the Dragon Tattoo*，瑞典作家史迪格·拉森的作品，描述个性怪异的骇客女主角与正义记者男主角合力破案的故事）才能挖掘个人信息。他们会用你的隐私来胁迫你。"

"我没有什么好隐藏的。"唔，不包括我在医院住了几天的事。但即使是"试胆任务"也没办法取得医院的机密记录。此外，我已厌倦对不需要羞愧的事情觉得羞愧了。

他朝着门点了点头："来吧，我们去派对吧。你可以唱你个人版本的校歌。"

我假装对他丢手机，他闪避了一下。演员的说话声从半开的门传出来，众人复述到剧中的精彩之处，个个捧腹大笑。当然，西妮和马修的声音比谁都大。我越过汤米，一脚把门踢上。

他的声音变得柔和："我知道今晚你可能觉得很受伤，但没有理由因此变成蛇蝎美人。"

最好是："我只是觉得能做点儿完全出人意料的事情会很好玩。"

"你已经做了，还做了两次。想想第一次出问题时，你有多么难过。"

"可是昨晚没那么糟糕，我还赢得了奖品。"

"那些只是初级挑战，到了实况转播回合，全世界会有数千人付费观赏。你认为把衬衫弄湿他们就会心满意足吗？"

"唔，至少让我看看他们提供什么奖品。"我检查手机。没错，"试胆任务"已经对我摇晃着第一根胡萝卜。哇，奖品是在黛芙沙龙一日的全身大整修，包括按摩、除毛、化妆咨询，等等。最好的是，店长还会亲自帮我剪发。除非是地方上的名人，否则一般人根本别想见到这位店长。仿佛这样还不够吸引我，"试胆任务"传来一张图片，图片里的我，穿着前晚在"定制服饰"网站上浏览过的可爱洋装。这次，图片中的我有正确的身材比例，胸部虽然不到 B 罩杯，看上去却挺不赖的。

我的四肢起了鸡皮疙瘩，有部分是因为奖品令人喜出望外，有部分是因为汤米说的话。战利品给得这么棒，"试胆任务"对我的期望一定很高。

我靠向吱嘎吱嘎的栏杆，考虑自己的选项。底下的巷弄里，两只乌鸦跃上附近的垃圾大铁桶。为什么西雅图有这么多乌鸦？鸟不是都喜欢温暖的天气吗？风变强了，送走了那些鸟，周遭的空气也转趋静寂。

这是自去年十一月我在车库里停车，一面播放着自己最喜欢的歌单，一面沉沉入睡之后的第一个自由夜。自那时起，不论我跟爸妈说了多少次"事情不是你们想得那样"，他们还是把我看成一个意志薄弱的人，会做出令人不敢想象的事情。

只有小西相信我。但也许我错看她了。其他人听到的版本是我得了重感冒，不得不在医院住个几晚。有一阵子是有一些传言，不过等我回到学校的时候，大家的注意力已经转移到足球队上的三角恋情。

大家在乎的只有最新的事件。今晚，我有机会用新的一页取代旧的故事。要是能知道那究竟是好是坏就好了。

我凝视着手机："汤米，你是个聪明人。大概是我认识的人中最聪明的。我很感谢你的忠告。"

"所以你要回绝他们吗？"

"不可能了。任务开始了。"

第五章

以下是你的第一场挑战：摆脱你的男友。

———————

接受挑战的短信传过去才两分钟，"试胆任务"便传来第一场实况转播挑战的内容。阅读信息时，我的呼吸也跟着急促起来，而且本能地把手机拿离汤米的视线。

薇，欢迎参加实况转播回合！你有望赢得一大堆很棒的奖品。我们将让你和已打过照面的人——伊恩，搭档挑战。

咖啡馆那个帅哥会当我的伙伴？不赖嘛。

以下是你的第一场挑战：摆脱你的男友。

屏幕上闪现着汤米的照片。嗯，或许他们的调查不如我所担心的那么彻底。但不论是不是男友，在少了非正式伙伴的情况下继续挑战，终究令我忐忑不安。

· 下载并执行附件，让你快速地连接任务。

· 二十五分钟内，到帕西菲卡保龄球馆与伊恩碰面。

· 进入保龄球馆，向里面的十个男人要保险套。

· 与伊恩一同离开，并唱底下这首歌的第一段。

虽然我成为清心寡欲修行者的概率很小，也不大可能去过没有电力、与世隔绝的生活，但他们列出的是一首歌词和性爱有关的歌，一天在电台上会播放个二十来次。好吧，电台上的歌大多和性爱有关，只是这一首最为直白。

汤米倚着墙："所以，挑战是什么？"

"嗯，我要和伊恩一起进行挑战。"

"他是你的搭档？"他的声音在说到最后两个字时破音了。

"真遗憾。他们应该让我和你一起搭档的，可惜你没有加入任务。"

他移开视线，咽了一口口水："你们的挑战是什么？"

"我不知道我能不能说。"

"就技术性上来说，我既非群众，又不是窥视人。何况也没有别人会知道。"

我告诉了他。

他的表情保持中立，眼神却带有一股刚毅："唔，至少让我陪你一起去。单独和他碰面太疯狂了。"

"我不得不。"我把手机拿给他看。

他的下巴紧缩，就和戏剧指导山塔纳女士想砍他的布景预算时一个样。

"你没这么蠢。"

"我不是要和这个家伙结伙抢劫。保龄球馆是公共场所。"

他拿出他的手机："我要申请当窥视人。"

"不用为了照顾我去花钱啦。"

他耸耸肩："我反正本来也会加入。我对闭幕派对不是很感兴趣。"

"你确定吗？马修计划要在潘趣酒（注：Punch，酒精浓度很低的鸡尾酒）中添加额外的成分。"山塔纳女士对学生管得不是很严，我想汤米如果放松一点儿，也会玩得很愉快。

他叹口气："小心点儿。答应我？"

"那你也要答应我，你只会申请当个线上窥视人，不是现场窥视人，否则你会害我失去资格。"

他点头："一言为定，记得，你随时可以退出。"

"当然，有什么听起来很可疑，我马上退出。"

没有时间去想他脸上一闪而过的是希望还是疑虑。我匆忙走向我的车，同时查看"试胆任务"附在挑战内容里的行车路线，再下载他们给我的应用程序。可惜汤米不能和我一起讨论策略，不过挑战内容倒是很直截了当。当然，倒水的挑战也是。想起湿冷布料贴在胸口的感觉，我的背脊打了个寒战。

我切换到嘻哈乐曲的播放清单，试着不去想即将进行的任务，但却只是造成我的心跳加速。二十分钟后，我在一个满是休旅车和厢型车的停车场停下来。伊恩就在前门的旁边，正拖着脚步走。嘿，这次轮到他等我，很公平。

我环顾停车场，看看有没有窥视人。我们周围不是应该有几个窥视人来帮我们摄影吗？或许他们正在来这里的路上。没有理由拖着不下车去和伙伴打声招呼。朝伊恩走过去时，我注意到门上有块招牌写着："欢迎贞爱立约承诺人！"

"挑战变得难很多。"我说。

他耸耸肩，宛如这些都在他的意料之中："你只要记得，挑战要我们开口问，没有说要等对方回答。"

为什么我没有从这个角度去想呢？今晚若想赢得奖品，我的脑筋得动快一点儿："好主意。"

他轻拍我的吉米·卡特徽章："我有一次在人道家园项目中见到他。"

哇，这个人不但注意到配饰，还帮助过流浪汉。看吧，汤米多虑了："所以，我们应该要等窥视人多久？"

"为什么要等？我们自己拍就行了。'试胆任务'的应用程序中有一个视频链接。"

我检查我的手机，在"我的最爱"正中央看到一个小小的"试胆任务"应用程序。我按照指示运作程序，它便列出我的挑战、一个视频按钮，以及一道写着"任务尚未开始"的小小状态列。

我说："我的手机镜头是个废物。"

"别担心。你打开链接录音备用就好。我们主要用我的手机来拍。在他们被我们气疯以前，我先拍你，你再拍我，如何？"

我向他道谢，为他的体贴而感到庆幸，但也为了想到待会儿得惹恼别人而感到内疚。

一位粉红脸颊的女孩和男友漫步经过，进入保龄球馆。他们牵着手咯咯笑着，目光腼腆，看起来应该还没有接过吻。相形之下，我觉得自己很老成，只不过在亲吻的阶段之后，我其实也没有多少进展。

我的双肩紧绷："我感觉自己像个混蛋。那些青少年会认为我们在取笑他们。他们不应该受到这种对待。"

伊恩深吸一口气，凝视馆内，然后在手机上打了几个字，阅读手机上的信息。一分钟后，他说："有关禁欲计划的研究显示，成功的禁欲者大多是看重安全性行为的人。所以，这些人应当要有携带保险套的意识。如果没有，我们就等于是在提醒他们。"

我摇摇头："你把事情过度合理化。"

"听我说，这只是个愚蠢的挑战。或许他们会觉得好玩也不一定。我们问的时候就态度温和一点儿，好吗？"

我们这个年纪的人，对"两个行为怪异的人跟自己讨一个保险套"这事应该还应付得来。我们无意伤害任何人。谁知道呢，或许他们之中有人听过"试胆任务"，所以会跟着我们一起笑个几声。这毕竟只是一个欢乐的大笑话。

"准备好了吗？"他问。

趁自己还没想得太多、太清楚以前，我赶紧点个头。

进入日光灯照明的保龄球馆内，一波波喊叫和咯咯笑语迎面而来，还有薯条和球道上木头亮光剂的气味。这个地方有数十个青少年，以及几个担任监护任务的成年人。墙上的横布条写着："把最好的你留在结婚时！"还有："立刻就要的男人不是你的真命天子。"

我的心悸动得好似低音吉他。不，是班卓琴才对。伊恩牵住我的手，他的皮肤温暖平滑，但对镇定我的情绪却没什么帮助。在零食吧最远的一角，有六台游戏机闪着亮光，发出呼呼声响。五个强壮结实的男孩环立在闹哄哄的屏幕前，拿着状似来复枪的摇杆瞄准。我只要把他们每个人都问过一遍，就能完成一半的任务，别人则很有可能听不到我的问话。我把头往他们的方向一摆，伊恩立刻带我往那边走。

当我们走到他们面前时，伊恩开启了"试胆任务"的视频链接。最靠近我的是个金发平头的高大男孩，他扬起一道眉毛。

我清了清喉咙："不好意思。你有没有多的保险套可以给我？"

他把双手放在屁股上，挺起胸膛："什么？"

我说得大声点儿："我要讨个保险套。你有吗？"

"这不好玩。"

问完一个。我走向他旁边的鬈发男孩："你有没有一个保险套能借我？"说得好像这种东西用完后还能归还，不只恶心，是恶心加三级。

鬈发男孩沉下脸说："滚开。"

"等我先问过你的朋友再说。"我靠向一个咬着下唇的小个头男孩，"你有保险套吗？"他还没回答，我又去问拿着来复枪摇杆的男孩。他们把摇杆转过来对着我，保龄球撞上球瓶的声音如枪响般穿刺空气，我不由得惊跳了一下。伊恩把一只手放在我的后腰上，虽然我那么焦虑，但我发誓，他这个举动真的传送了一股电流进入我的体内。

"不论如何，谢啦。"冲向另一群青少年时，我上气不接下气。

有三男两女围绕在一张桌子前，坐着喝汽水。我没有先在心中拟出一套计划，就直接拍拍第一个人的肩膀。当他转过来面对我时，我屏住呼吸。这个人的名字叫杰克，我的朋友依露伊曾迷恋过他好几个月。我猜他会在这里出现，说明了依露伊和他何以没有进展。我想他也常和汤米一起待在视频制作社。拜托啊，上帝，请让他了解我是在玩"试胆任务"。只是不知怎的，我怀疑上帝不会在这场小小的恶作剧中站在我这边。

我把两手在裙子上擦了擦："嗯，嗨，杰克。我在想你能不能给我一个，呃，保险套？"

他的脸霎时变得好红："你怎么会问这种问题？"

我抗拒着泫然欲泣的冲动："我很抱歉。"道歉没有违反规定，不是吗？

他眯起眼来，像是在检查我，然后摇了摇头。

伊恩抓住我的手臂，把我拖到另一张桌子旁："不要停下来思考。你快做完了。"

他说得对。我很快地连问了另外两个人，而且不等他们回答。其中有个人站起来，走到我面前："这并不有趣。我想你们应该离开。"

走向他们旁边的女孩时，我感觉自己真的混账透顶。这些青少年没做什么应该被我们这样骚扰的事。我双手颤抖，从伊恩手中拿过手机："对她们温和点儿。"

伊恩靠近一个涂了厚重蓝色眼影的女孩："我想你应该没有随身携带保险套吧？我的意思不是你会用它或做什么。"

"滚你妈的蛋！"她怒骂道。这是贞爱立约承诺人可以用的词汇吗？

"你呢？"他问另一个女孩。当她尖叫着说没有时，我们急忙跑离这张桌子。

我问了八个人，伊恩问了两个。

我们走向另外一群男女混杂的团体。杰克仍然从他那一桌遥望着我，眉头深锁。我转离他的视线，对着另外两个男生脱口而出我的要求，其中一个正是我早先看到与女友一同进来的男孩。

女孩紧抓着男友的手，露出惊恐的表情。我毁了他们的约会吗？我大喊一声抱歉，从伊恩手中接过手机。十个人了。为什么我不觉得高兴？我只想大声说我有多么抱歉，然后跑出门外。但在伊恩达到他的人数以前，我不能走。他问一个娇小的褐发女孩时，我把镜头对着他。女孩像匹受伤的小马般尖叫，引来了游戏机那边的男生。

大块头的金发男生眼冒怒火："我们受够你们两个了。现在给我滚出去！"

"我们很快就走。"我说，"再几分钟。"

伊恩在问第四和第五个女孩时，人群开始围住我们。金发男生的脸看起来像是快要喘不过气。我猜贞爱立约承诺并不包含任何的减压练习。

有个一直在室内一角看着我们的成年人也加入了这个混乱的局面。他的头发光滑地往后梳，身上的夹克比我衣橱内一半的衣服加起来还要值钱。他是团体的领导人还是什么吗？

男人用一条手臂环抱住伊恩，快活地问道："这是怎么回事？孩子？"

伊恩像是挨骂似的从他的环抱中跳出来："我们在，呃，进行一个访问。我很高兴地说，目前为止，你的团体高分通过。"

男人蹙起前额："访问？"

伊恩推开人群，走向另一桌的三个女孩，黄褐色的脸颊多了一抹暗红。我尽可能让镜头跟着他，不确定有没有拍到最新一次的要求，但他刚谈过话的高个子红发女孩发出尖叫，对"试胆任务"而言，应该已是充分的证明。他立刻又让女孩的两个朋友发出类似的尖叫。问完八个了。

金发男生对穿着昂贵夹克的男人说了些什么，对方点头微笑。他们在盘算着什么吗？

伊恩看了我一眼，脸上发亮，呼吸急促。他跑向靠近门口的隔壁桌，人群也跟着移动，嚷嚷着不甚纯洁的评语。我忽然转身把镜头对向他们，金发男生作势要抢，手指差一点儿就碰到了，但我把手机塞进内衣里。我挺起胸膛，挑战他敢不敢越过 T 恤上那块吸血鬼獠牙的印花，内心则祈祷他不会看穿我在虚张声势。

他伸手向前，在离我的胸口前几厘米停下来，脖子上布满了先前没有的红斑："出去，你这个娼妇！"

唔，从来没有人用这个字眼骂我，不过我不打算和他争论我的爱情生活。我匆匆走向伊恩。他又问了一个女孩，可是我没拍到。我替他证明会有用吗？我抽出手机，捕捉到他下一个问题。

"再问一个女孩。"我喊道。

"可是那已经是第十个了。"他说。

"有一个没拍到。"

他发出呻吟。

一个女性监护人加入人群，对着伊恩的脸挥着一根手指："你真该觉得羞愧！"

"我是，但你能不能给我一个避孕用具？"他说，甜甜一笑。

金发男生对着伊恩的脸大喊："有点儿敬意，混账！"他看起来已经气到快爆炸了。

我把手机塞回T恤里，挥舞着拳头："嘿，记得，汝不可杀人！"

金发男生的回应是对我吐口水。口水掉到我的鞋尖时，我尖叫一声。成年男人哈哈大笑，拍拍年纪较轻的男生的背。

"你这头猪！"我啐回去。

金发男生抓住我的两条手臂，挤压着我的手肘。他的呼吸有股瓦斯的味道，对维持他的贞洁真是有利。

伊恩拉住他的肩膀："老兄，我们要走了，放开她。"

金发男生往前推："你们原本有机会可以自行离开，但现在得看我们打算怎么对付你们了。"他把我拉向门口，头发光滑往后梳的男人和其他几个男孩抓住伊恩，围绕着我们的人群高声呐喊。

杰克拉住金发男生，大喊："让他们走吧。我想这是一场游戏。"

终于有人猜出来了，但金发男生用肩膀把杰克推到一边，仍抓着我不放。我的手臂像是被老虎钳夹住。

我深吸一口气，想到接下来还有一件事要做，就直想把身子缩成一团。即便如此，我还是开口唱起那首性爱的歌。杰克惊恐地瞪着我。或许汤米或依露伊可以说服他，我其实没有这么坏。如果我活下来的话。

当人群把我们推出门外时，伊恩也和我一样扯着喉咙唱了起来。门外另有一群人聚集。我们能不挨拳头就回到车上吗？有人从背后用力推了我一把。我尖叫着跌到柏油路上，屁股重重地坐到地上。伊恩摔到我的旁边。我们转回去面对门口，用不稳定的歌声对着大力甩上的门齐声高唱。

我好想哭又好想笑，只能不停地唱着，仿佛这首歌是个咒语，能让周遭的敌意和我们保持距离。

伊恩站起身来："挑战结束了。我们做到了。"

他温和但有力地抓住我的两条前臂，拉我起来。站稳后，我立刻拍拍裙子。没被扯破，但明天我的屁股会出现一大片瘀青。伊恩揉揉他的手肘，两眼却瞅着我，大概是因为我唱到欲罢不能。

他把双手放在我的肩上："我说，挑战已经结束了。深呼吸。"

我试着照他说的去做，却反而打了个嗝："对不起，我没有拍到我们唱歌。"我把手机从胸罩内抽出来，先用 T 恤擦过才递还给他。

他笑了起来，朝着停车场努了努下巴："那倒是没有必要。"

一团混乱中，我没注意到外面的群众比里面的人要友善得多。我们转向他们，他们旋即鼓起掌来，大多数人还拿手机对着我们。他们是现场窥视人，全都有和"试胆任务"的连线。

伊恩牵起我的手，我们双双一鞠躬。当掌声变得更大声时，我的精神为之一振，屁股也不疼了。突然间，这场挑战不再像前一分钟那么糟糕，反倒给我一种"我活下来了"的强而有力的感受。我想跳舞，想转圈圈，想大声喊叫。

十几个从我们的年龄到年长几十岁的窥视人走上前来，与我们击掌。我现在才知道，有这么多不同类型的人被这个游戏所吸引。

"我们从窗户看到了。'试胆任务'说我们不能进去看这场挑战。"一个戴着牛角镜框的娇小女人说，"那些人看起来很想把你们吊起来。"

我大声说道："一定是精力过剩但压抑过头啦。"

这句话并不特别风趣，人群却还是爆笑出声。无论如何，他们的兴高采烈让我整个人都亢奋起来。

我夸张地比着我的手机："希望你们清楚拍下了我们被丢出来的画面。"证据越多越好。

伊恩还在喘，但在镜头前却露出微笑，人群要求哪个角度他都配合，完全就像个红毯上的巨星。在里面时多亏了他的照看，我真想给他一个感谢的拥抱。我的心脏像运动员般跳得好厉害，群众越开心，我越是受到鼓舞。这一定就是名人的能量所在。

在伊恩的鼓励下，我们替这些支持者跳了一支胜利之舞，唱了几句我们的歌。最靠近我们的人先开始跟着唱，接着后面的人也是，最后所有的人都在高歌和跳舞。多么棒的感受啊。我无法相信我会和上百个陌生人一起体验到这么大的乐趣，特别是保龄球馆内另有上百个陌生人那么想海扁我们一顿。

在这片喧闹之中，一个小孩的高喊声传入耳际。真是怪了，这附近没有小孩啊。我发现我的手机在震动，于是看向手机。"试胆任务"传来他们的恭贺，伊恩和我把手机高举到半空中。

人群开始大喊："再一场挑战！再一场挑战！"

我准备好要再做一场挑战吗？这一场太刺激了。虽然玩家随时可以罢手不玩，但据我所知，上个月没有人自愿退出。

群众因为期待而静了下来。他们的凝视让我的肌肤感受到上千个小小的刺痛，然而我们不知怎的全都是连接在一起的，如同一个有着一百个肺并同步呼吸的生物。我起了鸡皮疙瘩，却仍和群众一起欢笑。

我的朋友是怎么想的呢？一定有人在看。我再度掏出手机。收件夹是空的。没有人传短信来吗？我传短信给汤米和其他几个朋友，却只得到一个错误的信息。我试着拨打电话，但怎么也打不通。我甚至上不了"这就是我"的网页。尽管周围有这么多人，我忽地感到很孤单。

耳边又响起那个小孩的声音，这次变成一连串嘲弄的曲调。我终于意识到那是从我的手机发出来的，想必是"试胆任务"重设了铃声。他们的信息就可以传来。很好，那个应用程序提供了"快速连接"，其他的通信却通通被挡了下来。我早该猜到。

我阅读短信，内容基本上是个状态报告，告知我们：收看这场挑战的观众人数，比几小时前在东岸和南岸进行的挑战还多，所以下一场挑战我们将会得到额外的奖品。有那么多人在看我们？我往下看着自己的胸口，检查我的 T 恤是不是破了或又湿了。没有，保守得很。

伊恩也在看他的手机："看来我们大受欢迎。"

欢迎？嗯。我们的观众中有谁呢？马修？他现在对小薇做何感想呢？

"我很好奇他们接下来会提供哪种奖品。"伊恩说。

至少要像那双鞋和一整天的按摩美容那么诱人。或许是去纽约旅行？女孩总是可以做做白日梦。

群众又开始唱颂，传送给我一波又一波的温暖。头顶上的霓虹灯对着每个人投射柔和的光线。

伊恩微微一笑："在等下一场挑战的时候，你要不要到我的车上坐一下？我的车就在那里。"他指着两辆车后一辆灰色的富豪车。对于一个帮助穷人建造家园的义工来说，那是一辆很切合实际的车。

我点头。能够远离焦点，安静一下会很好。我们对群众挥挥手，然后坐进他的车内。关上门后的安静实在是很美好的片刻。

"所以，伙伴，我们完成了一场实况转播挑战！"他说。

很难相信我们几乎还是陌生人。我端详着他分明的轮廓："关于你，'试胆任务'知道什么我不知道的事？"我的妈呀，我是在对他放电吗？

"嗯。我确定有很多是你不知道的。我是杰克逊学院高二的学生，嗜吃椒盐脆饼，喜欢长时间在沙滩上散步。你呢？薇？"说到我的名字时，他完美的门牙抵在完美的下唇上，我的膝盖不由得发软。

"我是契努克高中的高二学生，剧院后台的怪咖，梦想着要让这个世界变得更好。"我又做了一次稍早前对群众做过的游行式挥手。

"是什么促使你接下'试胆任务'的挑战？"

"没什么特别的。只是想做平常不会去做的事。你呢？"

他往前凑近："当然是那些奖品喽。"

没错，奖品。"你得到什么奖品？"

"到目前为止，初级挑战得到了一些现金，上一场挑战则是一张巴士票。"

他在耍我吗？可是为什么要对奖品说谎？我说："一张巴士票？

这好像……我不知道……"我想到的字眼是"随便乱送"。

"太理想了，我可以用它旅行到美国内陆任何一地，而且不限使用期限。"

"为什么不开车就好？"

"因为那样我就必须从我爸妈手上偷走这辆车。"他的脸有一瞬间变得刚硬，然后他转回来看我，缓缓露出一个笑容。"我们能逃离那群恐怖处子（vicious virgins）真是幸运。"又说了两个 V 开头的字词！虽然我认为他对奖品的品味很怪，但看着他说这些话实在很愉悦，我好想舔舔嘴唇。

我还在想要怎么让他说胜利（victory）和活体解剖（vivisection）等其他 V 开头的字，我们的手机已同声响起，像是撷取自恐怖片的小小孩声调唱诵着："小气鬼，喝凉水；小气鬼，喝凉水。"这是"试胆任务"的来电铃声。也是我们的下一场挑战通知。

第六章

不，你不需要真的去做，
只要找到一个愿意付钱的人就好。

———————

想不想赢得这个奖品啊？

我点击下一个奖品的链接，发现那是一个高价手机，配有各种我可能想要的应用程序、高画质镜头、光速上网，以及两年没有限制条件的服务。哇。

你的下一场挑战：前往以下地图标示的区域。在指定的街道上走动，说服某个人出一百美元买你的性服务。不，你不需要真的去做，只要找到一个愿意付钱的人就好。

我的胃翻腾着。我必须扮演阻街女郎？在市区那个地方？天呀！

他们应该提供武器和防弹背心。

老妈以前曾在离那个区域一个街口以外的办公大楼工作，当时她常对老爸抱怨，在停车场又看到了什么样糟糕的事。老爸会开玩笑地说，她的公司应该把那些事情宣传推广成一种额外的福利，并提供员工更多的咖啡时间和"如果箱型车在晃动，不要来敲门"的保险杆贴纸。真想念他们互相开玩笑的样子。我们家以前有股比较轻快的能量，现在却都消失不见了，而这都是因为我的关系。

我想偷看伊恩的手机，但他贴着胸口拿着。他的脸在保龄球馆的霓虹灯下闪现着不同的颜色，前一秒还是淡淡的浅紫色，下一秒又转为鲜红色。

外面的群众也都在检查自己的手机，看看接下来的欢乐时光会在哪里发生。

有个女人过来轻拍伊恩的窗子。她顶着一头红色大波浪，让我联想到《歌剧魅影》（*Phantom of the Opera*）里的歌剧女伶。她喊道："你们的挑战是什么？"然后指向我，"这个小女生像是要吐了，一定很不得了。"

伊恩降下车窗，抱歉地对她耸耸肩："对不起，你得等'试胆任务'的通知。"他应该不需要跟她说明规则。她没有看上个月的挑战吗？现场窥视人捕捉到精彩的视频也能得奖。但会不会促使玩家违反规则也有奖品可拿呢？哎呀，我又开始满脑子阴谋论了。

我们对支持者（该说是粉丝吗？）挥挥手，伊恩升起车窗。有个人企图拦阻，冷不防地把手机往前一伸。他的闪光灯让我有一会儿什么也看不到，不过伊恩还是设法关上了车窗，并给外面的人群一个和平的手势。

我用手替自己扇扇风："咻，他们好像狗仔队。"

"你的挑战是什么？"

"先说你的。"

他把头往后靠在椅子上："我必须在市区一个非常没有魅力的地方发挥魅力，还要有魅力到能说服一个阻街女郎给我一次免费服务。"他说，"好吧，现在轮到你了。"

"假设我要再做一场挑战的话，我必须让某人愿意掏出一百美元买我的性服务。"

他用一种懒懒的目光上下打量着我："那也太便宜了。"

"我想我该跟你说声谢谢赞美。"然后我皱起眉头，"可是，在城里的那一区，这样会不会太贵？我的意思是，我无法相信有人会为了钱出卖灵肉，但如果我要求得比一般的价码高，这次的挑战真的会很难。"

他呵呵笑着抽出他的手机："就潜在客户而言，越难到手的东西越好。"

我发出呻吟。

他查看手机，一分钟后说道："应召女郎一般的费用介于一百到三百美元，阻街女郎的费用是二十到五十美元。所以你要求的是高于平常的价码，不过你看起来没有毒瘾，这对你有利。"

"喔，谢啦，伙伴。"我的胃部重重地倒向一边，但接着我又想起奖品是什么——一部爸妈不用抱怨账单金额的超赞手机，宛若天堂。我准备好要上街去赢得这个奖品了吗？

伊恩告诉我，他的奖品是一组豪华的露营装备。这人的奖品有个很明确的旅行主旨。他眼里闪烁的火花令外头的荧光灯都为之逊色，而当"试胆任务"传来额外的奖励——每多一千名线上窥视者登录，我们便会各得两百美元——他的眼睛更亮了。哇，究竟会有多少人想看我们从风化区全身而退？

我说："这场挑战很难拍摄，妓女和嫖客会被吓跑。"

"我们必须小心，我们的窥视人也是。"

其中几十个年纪在二十岁上下的窥视人包围住伊恩的车子，像僵尸一样不断徘徊俯视。

我的手机再度发出取笑我的声音。单是为了让以前的铃声回来，就值得我退出这个任务。看到来电的人是谁时，我简直无法相信"试胆任务"会允许这通电话进来。趁他们还没改变心意，我赶紧接起电话。

汤米说："你还好吗？上一场挑战，你看起来被推得很用力。"

哇，"试胆任务"这么快就把我们的视频播出去，几乎算得上是同步。他们一定没有对视频做多少剪辑。可是，为什么让我和汤米说话？我们的谈话内容会被播出吗？或许他们想了解我的立场。一定是。

"我没事，只是屁股有点儿痛。"

"我可以现在过去接你，我离你不远。"才怪。

我深吸一口气："等等，汤米，不用。我们刚收到下一场挑战的内容，我还没做出决定。"我从眼角余光看到伊恩咧嘴一笑。

汤米大口喘着气："你不是真的考虑接受下一场挑战吧？"

"我是为了一部超赞的手机，或许还会有一些现金。这对一个有信托基金和新车的人来说可能意义不大，对我却是件大事。"

"你已经受伤了。这不值得你付出生命。"

"别那么夸张，他们给我们的挑战不会有生命危险，只会让人非常不自在。"

"所以挑战的内容是什么？"

"你已经申请当个窥视人了，我不能说。"有什么方法能让他在附近当我的保护伞吗？假使我们有一套密语暗号，就能提前把目的地告诉他，而不怕被"试胆任务"发现。

密语暗号让我回想起七年级小西准备试演《海伦·凯勒》(Helen Keller)的事。那次，我协助她把安妮·苏丽文和海伦·凯勒两个角色的台词全背了下来，甚至还学会用手语比出全套的字母，这在后来变成上课时讲话的便利工具。比起告诉汤米，我更希望能打电话给小西，把我打算做的事情跟她说。为什么她偏偏要看上马修呢？

汤米的声音打断了我的思路："薇，不要去。我听到一个传言，上次完成挑战的女孩——"电话猝然变得一片死寂，回拨也打不通。烂手机。

伊恩轻拍他的方向盘："假设你要继续玩好了，你想搭我的车去吗？"他唰地系上安全带，让我感觉安慰了些。精神病患的杀人凶手会系安全带吗？此外，我忽然醒悟，独自驱车到市区那个地方比搭他的车更危险。更何况有这些窥视人在，他能做什么呢？

"当然。"我说，不只回答了交通的问题，也表明参与下一场挑战的决心。我几乎无法相信自己已经完成了一场实况转播挑战，现在又要去进行下一场。我，薇，一个总是待在幕后的女孩。

伊恩发动车子，我们对窥视人竖起大拇指，让他们知道我们还在玩。他们爆出一声欢呼，各自回车，同时我则通知"试胆任务"我的决定。任务接下来还会有什么呢？我们身后传来一堆喇叭的鸣声，有人的汽车音响震天价响，我都感觉到了那个重低音。

伊恩皱了皱眉头："虽然有人在我们旁边记录下一场挑战会很酷，但这些人可能是弊多于利。"

外面一个家伙对着他的朋友露出屁股，引起一阵狂笑。我了解伊恩的意思，但甩掉那些窥视人也意味着会失去他们的善意。上个月，洛杉矶有个玩家因为频频对现场窥视人比中指，遭到窥视人的恶意破坏，最后不得不含恨退出挑战。

我说："如果他们太吵，我们可以要求他们乖一点儿。'试胆任务'迟早也会把我们下一场挑战的地点告诉他们。"

伊恩突然转向，避开一个在旁边做侧手翻的女孩："他们很危险。"

他开出停车场，火速转了几个弯，一下子便和大多数人拉开距离。有几辆车跟在我们后面发出刺耳的声响，但在冲过一个刚好变红的信灯号之后，也被我们甩掉了。谁想得到一辆看起来只重实用的车也能这么灵巧？

我虽然明白他的行动，却仍摆脱不了自己正在通过一道桥、桥上的钢索都被切断的感觉。是"试胆任务"要他这么做的吗？就像他们要我摆脱汤米那样？如果是的话，任务还会要求他瞒着我做什么别的事？

我胡乱摸索着安全带："我不确定摆脱窥视人是个好主意。"

"别担心，这只是暂时性的。"又转了几个弯，确定没有人跟上以后，他打开音响，说，"我答应你，我们会给他们一些有趣的视频作为补偿。"

"今晚过后，我们需要补偿的人很多。"

"对啊，你男友听上去很不高兴的样子。"他这么说是想知道我有没有男友吗？

"我想你女友不能跟着一起来，一定也很闷闷不乐。"

他的嘴角略略上扬："我没有女友。"嗯，他尚未名草有主是个好消息，但或许坏消息是他无法和一个女孩定下来。

"哎，汤米不是我的男友。他也不明白为什么有人会为了很酷的奖品抛头露面接受挑战。"

"含着金汤匙出生的人永远也不会了解。"

"你又怎么会懂呢？你有一部很贵的手机，又在私立学校念书。"

他神色一凛："这部手机是我努力挣得的，私立学校也是。"

"真的？你是怎么做到的？我也想做你的工作。"我不讨厌在"古董之爱"打工，只是薪水不太理想。

他紧抿着嘴一笑，摇摇头，调高播放器的音量，车子也跟着震动起来。好吧，他不欠我一个解释，我当然也不会透露自己的过往。

我朝着汽车喇叭努了努下巴："谁唱的？"

他的下巴掉了下来："你从来没听过滚石乐团？米克·杰格？他们是经典。"

"我听过，只是没听过这首。"

"那么今晚是你的幸运夜。"

他说得对吗？这是我的幸运之夜吗？不到两小时前，我最好的朋友和我暗恋了一个月的男孩更进了一步。现在我却赢得了一双棒得不得了的鞋子和全身大改造，还和一个性感到冒烟的男孩一起搭车。只可惜我们要去的是市区最丑陋的地方，我要在那里假扮流莺，有可能挨揍，或者遇到更糟的情况。每个人都知道妓女的生活不像《风月俏佳人》（*Pretty Woman*）或是《玫瑰舞后》演的那样，不过我会故意朝那个方向假想。整体来说，我的运气大概算得上是好坏参半。

我们在离"试胆任务"标示区域以外的两个街口停车。我涂了点儿唇彩，同时考虑要怎么修饰自己。我的衣服和平底芭蕾娃娃鞋完全不像是流莺的东西，但或许我可以打扮成淫荡的女学生。我把T恤往下拉，让胸罩的肩带露出来，拉高裙子，再从包包底部找出两条橡皮筋，把头发分绑成两束。要是能有根棒棒糖就好了。

下车前，我们决定把我的包包留在副驾驶座的置物箱内，猜想这会比带在身上安全。不过这么一想，让我对在市区这块地方闲晃更加忐忑得胃部紧扭。至少我还有手机。我不可能不带手机。

下了车后，伊恩指着我的竞选活动徽章："你要不要把那个拿下来？我认为，呃，在娱乐产业的人，公开自己的政治倾向不是明智之举。"

"我想这里没几个人知道吉米·卡特是谁，但你说得有理。"我拿下徽章，塞进口袋。

好吧，该是入戏的时候。小西说，这总是从姿态开始。我试着找出自己身上可能蕴藏的歌剧女伶，摆出一个姿势："你好，西雅图，新鲜的肉体开卖了！"

伊恩从头到脚打量了我好半晌："我敢打赌，十分钟内就会有人来问你价码。那些闲晃着想要买春的恶心家伙，大概会很喜欢像是中学生的靓丽褐发蓝眼女孩。"

"嗯，谢啦。"靓丽和中学生有点儿冲突，但我想他是赞美的意思。

我的手在两条大腿上摩擦："真希望我带了更多化妆品来。"

他的眼神在我身上逗留，引得我肩胛骨以下一阵酥麻："你知道妓女是最先开始擦口红的女人吗？"

"很合理。她们会想打扮得漂漂亮亮，吸引顾客上门。"

"当然，她们用口红吸引顾客，但那和变漂亮没有那么大的关系，和广告她们提供各种口部服务比较有关。"

"噢。"我斜睨着他，"先是节欲研究，然后是妓女价码，现在又是古代妓女。我今晚跟着你学到很多性知识。"

他抽出他的手机："我们也能谈性以外的事。比方说吧，你知道有的文化认为，拍照会窃走你部分的灵魂？"

"我以为那是发型很糟的日子，大家挂在嘴上的都市传说。"

他把手机对准我："随你怎么想。"

我摆出超级模特儿的姿势让他拍照。这是我今晚被拍下的第几张？

他一只手梳过头发："我想我们最好开始了。要说服忙碌的女人给我一次免费的服务可不容易。"

有那双深邃的眼瞳和精明的微笑，我敢说他早已习惯有很多人对他投怀送抱："你一定会表现得很好的。"

我们脚步轻快地走着，这对我来说正好，有部分是因为天气很冷，有部分是因为我想安抚胸口的紧张。不过为了跟上他的脚步，我得加把劲迈开大步。

抵达主街时，他缓下脚步，徐徐而行："你要不要走在我前面？

我会维持与'试胆任务'的视频连接，不过你要尽可能待在街灯下。"

我们的计策暂时就只想到这一步。我眨个眼，挥挥手，开始一个人行动。我轻快地摆动屁股伴装勇敢，冰冷的空气让我的两半屁股变得麻木。社会各阶层的人在人行道上来来去去，有拿着啤酒瓶的兄弟会男孩、手挽着手的情侣，还有穿着五层衣服且蓄着络腮胡的男人，恳求路人施舍一点儿"饭"钱。

大学男生边笑边打着嗝。真是，迷人得很啊。他们摇晃着脚步与我擦身而过，我在胸前交叉双臂，移开视线。在零售店的工作教会我如何区分潜在客户和只看不买的人。

"嘿，宝贝，多少钱？"他们其中一个喊道。

"你们付不起。"我厉声说道，希望能表现出阻街女郎的惯有姿态。我陪西妮排练过许多角色，从《音乐之声》（注：*The Sound of Music*，由音乐剧改编的电影，描写到海军上校家里担任家教的修女与七个孩子的温馨互动，以及一起逃离混乱时局走向自由，剧中多首插曲成为经典曲目）中情窦初开的大女儿丽莎，到向《卧虎藏龙》（*Crouching Tiger*）致敬的忍者公主都有，可是她从没演过流莺，所以我没有多少可以借用的经验。

我趾高气扬地走开，听到他的朋友在嘲笑他。还好他没有跟上来，试图证明他的男子汉气概。

我太专注在那些男孩身上，没注意到自己踩进两个女孩的地盘。肤色浅的那个穿着荧光色的衣服，肤色深的那个则是满身金属色系，年纪看上去都和我差不多，眼神却比我家老妈还要无精打采。看到她们在晚上的冰冷空气里穿着紧身背心、颤抖着露出大块肉体，我不禁同情地打了个哆嗦。

穿荧光色衣服的女孩怒视着我，露出她的金牙。

"你在这里干吗？"

"只是走路。"我拉紧外套包住自己，盖住胸口。我本来想露点儿乳沟，但现在才知道我是痴人说梦。

穿金属色衣服的女孩用一根手指指着我，她的黑色指甲一定有两厘米半那么长："你最好只是在走路。"她和她的朋友朝我步步逼近。

我不想去思考她们的指甲会造成什么伤害，可是要排除丛林猫将猎物开膛剖肚的画面还真不容易。这个挑战差劲透了，比上一场更差劲。不过我不全然孤立无援，伊恩也有困难的挑战要做。就在这时，我有了个主意。

我发挥意志力，不往后退，就像黄石国家公园（注：Yellowstone National Park，世界第一座国家公园，内有多种野生动物，以熊最具代表性）护林员教我们的、有熊在营地附近嗅闻时该怎么应对的方法。当两个女孩靠近到几乎可以出手攻击的时候，我说："有一位歌手结束今晚的演出后会来这里，或许你们已经看到他了？"我勉强牵动嘴角，露出那种女孩对女孩的笑容。

浅肤色的女孩舔舔嘴唇："歌手。"

我用穿着平底鞋的脚蹦蹦跳跳，一派追星族的模样："他名叫伊恩，姓，呃，杰格。他的老爸在滚石乐团？那是个老摇滚乐团？正所谓有其父必有其子。很酷，对吧？不管怎样，伊恩的乐团今晚在西雅图有一场表演。我在他的歌迷网页上看到，他希望演出之后能有人陪，还提到了这附近的一家酒吧。你们知道'肉体'？"没说错吧？我记得那是每周都会有人遭到逮捕的俱乐部。说了这一大串话后，我不得不喘口气，以免换气过度。

女孩沉下脸来："为什么他会去那种蹩脚的地方？"

我扫视街道，在相隔约六米远的地方看到伊恩，立刻露出恍然大悟的样子："噢，天啊！"我朝他跑过去，两个女孩紧跟在后，发出叮叮当当的声响。

我抓住他的手臂："伊恩·杰格！我好爱、好爱、好爱你的歌！"我的喘息声完全不用造假。

伊恩用一个大大的微笑藏起他的诧异："谢啦，甜心。"

女孩们把我推到一边，一股混杂着香水和烟的味道飘了过来。她们这么臭是要怎么吸引顾客上门？

"嗨，伊恩。"深肤色的女孩说，"我是蒂芬妮，你真的很有名吗？"

伊恩耸耸肩，用完美的摇滚巨星风采假假一笑。

另一个女孩宣称她的名字是安柏罗西亚："他当然很有名，我在杂志上看过他的脸。"

事情进行得比想象中还要顺利。伊恩明白我帮了他一个天大的忙吗？他会回报我多少呢？

他泛起一个谦卑的微笑，露出那两个杀手级的酒窝："我们只在市区待上一晚，不晓得你们知不知道我可以去哪里找点儿乐子？"

"噢，我可以告诉你有哪些乐子，宝贝。"蒂芬妮说。

伊恩把他的手机递给我："嘿，公主，你可以替我和这两位迷人的小姐拍张照片吗？我的唱片公司喜欢看到我在不同的城市做些什么活动。"

我接下手机，把镜头对着他："当然好，不过我可以给你比这两个女孩更多的乐子，而且分文不收。"

蒂芬妮握紧拳头向我走近一步："谁说要收费了？贱人！"

"对不起，我只是以为……"

安柏罗西亚把双手放在屁股上，重踩着脚步也往前走："别做任何猜想，荡妇！"

伊恩走到两个女孩和我之间："嘿，别理她。所以你们两个都想和我玩玩？没有附带条件？"

蒂芬妮说："当然，你会把我们的照片贴在你的歌迷网站上吗？"

他朝我的方向露出微笑："我保证网络上到处都会看到你们的脸，这就是为何我要把相机给那个没屁股的女孩。"

她们胜利地用鼻孔嘲笑我没屁股，接着问伊恩要住在哪里，还有她们能不能点客房服务。

一个戴着软毡帽的大个头白人男子朝我们走来。软毡帽？他在开什么玩笑？

他的双手深深地插在风衣口袋里。若想装扮得完整一点儿，他该弄个豹纹领才对："小蒂、小安，这个人给你们添了什么麻烦吗？"

蒂芬妮和安柏罗西亚奔向那个男人，差点儿没绊到脚。两个女孩各挽住他的一条手臂，在他的耳边低语。

他听着听着皱起了眉头："我从来没听说过什么伊恩·杰格。"

　　我把手机放在胸前，希望这人没注意到我。他对着伊恩眯起眼睛，把两个女孩往旁推，然后走向伊恩："我说我从来没听说过你。"

　　伊恩耸耸肩："我们的音乐主要是情绪摇滚（注：emo，源自hardcore punk，在九〇年代末成为摇滚乐的重要分支，曲风前卫重旋律，带有强烈的情绪，歌词偏向个人的情感和内省）。"

　　"同性恋（注：原文是 homo，与情绪摇滚的原文 emo 发音相近）？你们演奏同性恋音乐？"

　　"不是，是情绪摇滚。有点儿庞克，有点儿苦闷。"

　　他的双手仍没有从口袋里抽出来，但不断向前逼近，直到距离伊恩只剩几十厘米才停下脚步："你演奏庞克，是吗？你今晚在哪里演出？"

　　伊恩吞咽了一口口水："在一个小场地，你大概从来没听说过。"

　　"我问，你在哪里演出，伊恩·庞克·同性恋·杰格？"

　　那人又往前站一步，和伊恩只相隔十几厘米。伊恩又吞咽了一下。尽管已经得到我们需要的画面，我仍拍个不停，像是渴求着能看到更多。蒂芬妮和安柏罗西亚在她们的皮条客后面挨挤着身子，瞪大着眼睛交换几个眼神，看上去倒是年轻了几岁。

　　皮条客说："你似乎有兴趣和我的女孩们共度一点儿时光。"他的声音变低了。

　　伊恩微微一笑："我们只是在聊天，她们漂亮极了。"

　　皮条客的一只手从口袋里抽出来，揉搓着有胡楂儿的下巴："她们是很漂亮。跟你说吧，我也很健谈，我们何不去走走，聊个几句？"

　　"听起来很酷，但我该走了，我的团员大概已经在猜我发生了什么事。"

皮条客低声说道："我可不是在请求你。"

伊恩用无助的眼神望着我，我有种快要握不住手机的感觉。我很想在手机还没被那个男人抢走以前先塞回口袋，但又不想错失这段画面。

"待在这里。"伊恩对我说。

皮条客第一次往我这里瞥了一眼："她和你一起的？很可爱，她也可以来。"他轻推着伊恩的手肘。

我不知道要跟着走还是往另一个方向跑。他一个人没办法同时追我们两个，但可以派蒂芬妮和安柏罗西亚来抓我。我的头快速地左右摆动，看看能否向人求助。

说时迟那时快，一群二十几岁的人从角落出现，其中一人指着我们，其他人旋即抽出手机。

窥视人到了。

他们把我们团团围住，拍摄我和伊恩的视频。

当群众靠拢过来时，皮条客皱起眉头："这他妈的怎么回事？"

伊恩对窥视人挥挥手："看来我被更多的歌迷堵到了。我应该花点儿时间和他们相处，你知道的吧？"他朝人最多的地方走去。

我退回到人群中，认出有几个人是从保龄球馆过来的。令人惊讶的是，似乎没有人对我们甩开他们的事情生气。这一回，我也不介意他们的镜头全对着我们的脸。众人的欢呼和问题伴着我们在街上走着。

"等'试胆任务'播出，你们就会看到了。"伊恩对群众说。他哈哈笑着从我手上拿走手机，拍摄正在拍摄我们的窥视人。

皮条客和两个女孩一脸困惑地注视着我们。蒂芬妮哭了，仿佛错过了什么盛事。

我一放松下来也好想哭。窥视人兴高采烈地围绕着我，俨然是面保护盾，一面又大又吵又美丽的盾。有了他们，我就是个人物，而且安全。

第七章

爱死这个任务了。

———————

我推挤着走到伊恩的旁边："好啦，现在你可以搭巴士到肯塔基、堪萨斯或美国任何一个地方去露营了。"

他乐不可支："你对那两个女孩做的事情实在太赞了，只不过我们两个差点儿被抢，我还能保有手机真是幸运。"

窥视人把我们团团围住，并与伊恩击掌。

他接受他们的恭贺："我向你们保证，视频会很刺激，多亏了我这位厉害的伙伴！好啦，你们需要给她一点儿空间，她才能去做她要做的事，否则就没戏好看了。"

他们的失望之情溢于言表，但没有表示异议，在我们过街走到下一个十字路口时，没有再跟过来。我希望我们已经远离蒂芬妮和安柏罗西亚的地盘，现在，我得对开始自己的生意保持美好的愿景。

伊恩漫步走到一个招牌上写着"真人肉搏最销魂"的地方。我想，即使网络上有上百万个色情网站，有些男人还是想在污秽的小房间里来场真枪实弹的体验。对我们有利的是，眼前这条近九米长的人行道，目前灯火通明。

　　一排男人盯着我看，伊恩向他们招招手，但没有人靠近。可能是偏好男人对男人讲价的交易方式吧。我们这么猜想。我缓缓朝路边走去，面对车流，一只手搁在屁股上，另一只手垂悬在身侧。每有一辆车经过，车头大灯都会令我瞬间目盲。我挺起胸部，抿唇微笑，宛如就要说出"讨厌"这个字眼。我穿的衣服比蒂芬妮和安柏罗西亚两人加起来还多上一倍，却从没感觉如此赤裸裸过。夜晚的空气将对街的笑声隐隐传送过来。窥视人最好乖一点儿，否则我会挑战失败。

　　走到下一个街口时，我转过身，慢慢地朝伊恩走回去。他正在和那排的男人攀谈，并指向我，扮起我个人专属的皮条客。那些潜在客户，或者该说自以为会是我的客人的人，直视着我，咂着嘴，摇摇头。他们有什么问题？或许从远距离看，他们会以为我这么瘦是因为注射海洛因的关系，穿长袖只是为了遮盖针孔的痕迹。或者，我的衣服和鞋子告诉他们，我真的不是这一行的人。我想我必须去说服他们。呃，胃感觉像是打了个永远也解不开的结。我硬着头皮走过去。谢天谢地，窥视人还知道要保持安静。

　　越靠近色情表演橱窗，越是闻到一股像是高丽菜汤的酸味。我暗自呻吟了一声，意识到那是男人身上散发出来的味道。伊恩非得要选街上最臭的变态吗？

　　他向我示意："过来这里，拉客喜。"

　　拉客喜？有人叫这个名字吗？"呃，当然，石头。"

　　他一把抓住我的手腕，颇有我属于他的那种意味："这些人不相信你值那么多钱。"

我咬着下唇："他们或许是对的。这是我出来卖的第一晚，我好紧张。"

一个脸部肌肉松弛的男人色眯眯地看着我："你没做过？唔，难怪会穿这么奇怪的衣服。"

奇怪？我感觉屈辱，却又觉得受到奉承。谁想要像是这里的人啊？

"我只买得起这样的衣服。"我说，抽了抽鼻子，"派对服饰贵死人了。"我往下看着自己那双非常不妓女的可怜平底鞋。远方传来了警笛声。

男人搔搔腋下："我出五十美元，我只有这么多，这也已经高过这里的女孩通常开的价码。"

我抬起头来，对着伊恩瞪大眼睛："虽然妈妈真的很需要动手术，我还是不确定我做得来。让我去呼吸一下新鲜空气，好吗？"最后这句话倒是真的。如果再不远离这股味道，我一定会昏过去。

"当然，小妹。"伊恩拍拍我的头，继续与那些人协商，像是个好哥哥会替妹妹做的事。我沿着路边，再次缓缓步行。

几对男女与我擦身而过，脸上莫不挂着同样的表情——男生半笑不笑地，很快避开眼神，女生则眼带轻蔑地盯着我瞧。他们难道没发现我和他们才是一路的？哼，刚刚那个对我蹙眉的女孩明明就穿着和我一样的T恤。

不能把他们的反应当成是针对我本人。这是在演戏，和真实生活无关。又一对男女经过，我勉强对他们牵牵嘴角，没想到他们竟也回以一个微笑，吓了我一跳。男生甚至跑了过来，用一条手臂环抱住我。

"嘿。"我说，蠕动着想要远离他。

女孩拍了我们的照片，男孩则拉扯我的一束头发，低语道："你做得很棒，薇。"

我拍掉他的手："手拿开，你这个讨厌鬼。"

伊恩朝我们跑来，威胁要揍那个男生一顿，他和女友却纵声大笑，飞快地朝来时的方向离开。伊恩想追上去，但被我拉了回来。

我深吸一口气："别管他们了，我们需要专注在挑战上。"

他的内心似乎在天人交战，考虑了几秒才决定听我的话："如果你又看到像跟踪狂一样的窥视人，大声喊我，好吗？"

我答应他，然后继续扮演流莺的角色。没有多久，一辆车减速，在我旁边的路边停下，驾驶者是一个有着两道浓眉的中年男子。

他露齿一笑："你太年轻了，不应该一个人待在外面，看看你，在发抖耶。"

"我年纪够大了，只是觉得冷而已。"

"我的车有会发热的椅垫，我可以载你一程。"

我按兵不动，等他说下去。拜托拜托，谁来把这段画面拍下来吧。如果我掏出手机用那个烂镜头开始拍摄的话，一定会吓跑这个男人的。

他跟着一首迪斯科舞曲的节奏轻拍着方向盘："那么，你要上车吗？"

"呃，你很迷人，但是……"

伊恩走过来，用双手交抱胸前的方式举高镜头，以免被人看出他在拍摄。他在车子的后方站定。希望经过的人会以为他是皮条客，只是在照看他的女孩。

驾驶者似乎没有注意到伊恩。他揉揉脸颊："你需要一点儿吃饭钱吗？或许我可以帮你。"

"需要，我好饿。"我故意把"饿"的音拖得很长。

他咧嘴一笑："你吃顿饭要多少钱？"

我很想破口大骂，但仍按捺着说："很多。"

他哈哈大笑："小女孩，大胃口，好比二十美元这么多吗？"

我瞪大眼睛："呃，好比那样的五倍。"

他的笑容消失了："你真是个贪婪的小东西，不是吗？"

我一只手在腰部上下摩挲："不是，只是一个愿意努力工作的人。"

他扬起一道毛毛虫似的眉毛，我真不敢去想他的脑中闪过些什么恶心念头："你真的很可爱，可是我出不了这么多。这违反了我的原则。"

说得像是想上未成年妓女的男人很有原则似的。

"那真是遗憾。祝你有个美好的夜晚。"我昂首阔步地走开。

他倒车，伊恩不得不跟跄着往后退。

"你以为你炙手可热，是吗？"

我看得出情况不对："不是。"

他大骂一声："贱人！"然后踩下油门，喷出废气。没多久又在前方的街道上刹车，停在一个穿着铆钉靴的女孩旁边。女孩的靴跟足足有十二厘米高。

我的膝盖软而无力。先是那两个妓女，现在又是这个家伙。我想不起来以前有没有在同一个晚上被人骂过"贱人"两次，即便是一个月内也没有吧。我的下唇颤抖着。

伊恩走上前来，捏捏我的肩膀："别受他影响，他只是个想要但要不到的瘪三。我们会完成这场挑战，你等着瞧，还有，我们也拍到了一些很精彩的视频。"他掉头走到附近另一个位置站好。

我沮丧地咽了一口口水，望着铆钉靴女孩和浓眉男子搭讪的时候频频点头微笑。有这么多不到一百美元就肯出卖肉体的妓女，我要怎么才能找到客户？"试胆任务"显然把这场挑战的程度定得很难。我究竟以为一个诱人的新手机有多么容易到手！

过了两分钟，那个女孩步履艰难地绕过车后，上了副驾驶座。离开男人的视线，她立刻一脸木然。她在想什么？在想这并不是她的真实生活吗？就像我告诉自己这不是我真正的生活？

我忽然觉得很累，很想回家泡个热水澡，然后上床睡觉。我边走边检查手机，没有新的信息。"试胆任务"一定还在拦阻短信，他们难道不了解我需要精神上的支持？

我打算向伊恩借一点儿零钱打公用电话，以便能听到一个友善的声音，但前提是要找到一个还堪用的电话，上面不会沾满恶心巴拉的东西。又有一辆车放慢速度，它的奔驰标志就停在我的身后。车窗降下，我看到一个轮廓鲜明的三十多岁男子，他有着整齐的鬓角和孩子气的五官，不像是需要找阻街女郎服务的男人。你只是想找个什么能让胯下的重机狂飙吧？我想。他把一条手臂搁在窗上往外伸，露出一块比我的车更值钱的高级手表。

"嘿。"他说，开口露出的白牙在黑暗中闪闪发亮。

我往前走到他的手臂距离之外，以免被他碰到我隐隐作痛的屁股："嘿，你好啊。"

"你知道，你不需要站在外面。"

我等他说我该上车享受暖和舒适的座椅。

相反地，他却说："你的遭遇让你觉得这是唯一的选择，但不论那些遭遇是什么，都是能用别的方式解决的问题，尤其是你如果肯接受别人帮助的话。"

"一个像你一样的人吗？"

他微微一笑："我想的是比我更有力量一点儿的人。"

哇："你是说三人行？"如果他愿意为了狂欢出一百美元，是否就能满足挑战的要求？

他的嘴角垮了下来，瞬间露出嫌恶的表情，然后才又展笑颜："我指的是更高的力量。我太太和我掌管一间教会，专门帮助像你这样的女孩。"

我努力扮演好我的角色："像我这样的女孩？你又不认识我。"

"我知道你需要一个有安全感的地方。如果你愿意享受一顿家庭式料理，并有机会与其他曾与你处境相同的年轻女子谈谈，你马上就能脱离街头。"

伊恩高举着镜头经过我们，我向他投了一眼。

"真好，但我没问题。"

车内男子的眼神追逐着伊恩，当伊恩走到固定的摄影位置时，已经进入驾驶的视线死角，他还探出头来直视伊恩。这人若是常常盯着真正的皮条客看，一定有某个较高的力量在照看着他。

他对伊恩说话:"是你负责照顾这个女孩?"

伊恩耸耸肩:"我们是朋友。"

男人伸出一只手:"我很高兴听到你这么说。因为我要带她去一个安全的地方,让她接受帮助。我确定你不会介意,朋友。"

我挥挥手:"呃,喂?我介意。听我说,谢谢你的关心,我很好,情况和你看到的不一样,我们只是在这里打发时间。"

他摇摇头,但没有一根头发乱了位置:"我很难过要跟你这么说,街头上许多年轻女性受到的最大伤害,都是来自那些宣称在照顾她们的男人,她们所谓的朋友。"

我指向对街:"你如果真的想要帮助别人,那里有两个名叫安柏罗西亚和蒂芬妮的女孩,她们会有需要。不过她们的朋友看起来有点儿危险,所以你要小心点儿,好吗?"

我拉着伊恩的手臂大步走开,直到下一个街口才松开手。男人的视线尾随我们不放,但终究还是把车开走。

伊恩摇了摇头:"这里有各式各样疯狂的人。"

"他还好啦,我只希望我没有把他送入险境。"我揉揉太阳穴,不确定我做的是件高贵还是白痴的事。

伊恩抓住我的双肩:"在这里,你不用为任何人负责,除了你自己,还有,如果你愿意的话,我——"

可惜穿着铆钉靴的女孩跟着浓眉男人走了。她看起来很需要有人给她一点儿希望。我再次为了这对我来说只是场游戏而心怀感激,而这提醒了我一件事。

"该继续进行挑战了。"我说。

他眨了眨眼："对，我们可以在赢得奖品之后再来拯救世界。"他信步走开，再一次留下我一个人，我望向对街的现场窥视人。虽然汤米说他只会在线上观看，我仍巴望着能见到他的身影。他在附近看着我吗？还是已经厌恶地回家去了？

我缓缓地走来走去，伊恩则向徒步经过的男人招揽生意。又有几辆车在我旁边停下，可是结果总是一样——我开的价码太高。当十分钟内第四辆车轰隆隆地开走时，我有种吃了闭门羹的感觉，即使这些人都是花钱才能和女人上床的窝囊废。

又经过一次讨价还价之后，一辆福特金牛停下来。我叹口气，等待另一轮的协商开始。

一个五官平平的男子降下窗户："你一个人吗？"

我咬着下唇："现在是。"

"我也是。寂寞很讨厌，不是吗？"

我点头。妓女和客人之间的谈话总是这么空洞吗？

他轻拍车门的边缘："假使要改变我们的孤单状态，需要什么样的代价呢？"

"一百美元。"

他扬起双眉："哎呀，噢，哎呀。我花那么多钱是能得到什么呢？"他没有骂我是个贪婪的贱人或是把车开走，好征兆。

我用一根手指由上到下划过我的胸部中央："你想要什么呢？"

他的目光掠过我的全身，低低笑了起来："很多。"

我左顾右盼，和拿着手机面向外头擦身而过的伊恩四目相接。我转回去面对车里的男子，伊恩一走到拍摄点上，我便甜甜一笑，眨眨睫毛："所以成交喽？你会付一百美元？"

"我想要什么都可以？"他的嘴唇肿胀而闪亮，大概很常用舌头去舔。

"嗯，啊！"

一只多毛的手穿越车窗抚摸我的裙子，我抗拒着作呕的冲动。

他按下一个按钮，解开副驾驶座车门的锁："一言为定。你怎么还不上车来呢？"他挪开身子，把座位上的盒子拿走。当他在行动时，我瞥见他的胸前口袋中有个东西反射出光线。噢，哎呀，那是警徽吗？

"听我说，先生，我只是在跟你开玩笑。抱歉让你误会了。"我拔腿跑向伊恩，大嚷着，"快跑！"

身后传来车门甩上的声音。

"回来这里！不要动！"

对街的群众爆出欢呼声。我们闪避来车，朝他们的方向疾奔。兄弟会的男孩笑弯了腰，附近其他人纷纷拿出手机。这次，没有一个粉丝会保护我们。伊恩和我继续往南跑。在警察挥着手枪跑步过街时，我怀疑有哪个观众会蠢到追过来。

转了第二个弯时，我觉得双脚快断了。芭蕾平底鞋的足弓支撑实在很差。我上气不接下气地说："我不确定我能不能用这个速度跑回车上。"

又跑过三户人家之后，伊恩把我拉进一个凹壁。我立刻本能地屏住呼吸，很怕闻到残留在这个显然是酒鬼过夜处的恶臭。还好这里虽然发霉了，倒是没有我最怕的味道。我们在阴影中挨挤着身子，伊恩靠着墙，我在他的怀中。过了半分钟，有脚步声接近，警察喘着大气经过，一边对着自己咒骂。他的身后有两个穿着运动外套的男孩，咯咯笑着拍摄他的视频。好吧，还是有人会蠢到跟过来。

伊恩的心脏贴着我的脸颊跳动，我们两个一动也不动。

"过来这里！"警察对那些男孩喊道。

从脚步声听得出来，他们遵照了警察的要求，只是这下子笑不出来了。警察要他们交出手机，大概是想删除他们拍下的视频，以免被传上网。删得太少，也删得太晚了，老兄。

当他们大步走过凹壁时，一个男孩瞪大了眼睛，像是看到了我们，但没有为了脱罪而泄露我们的行踪，反而羞愧地垂下头来。警察也眯着眼睛往我们的方向看，不过没有停下脚步。直到他们的脚步声听起来很远很远，我才恢复正常呼吸。一开始呼吸，我就注意到伊恩的气味，他闻起来有如夏日傍晚去远足时的山岳。我又长吸了一口他的气息。

"我想我们成功了。"他耳语道。

"真令人惊讶。"虽然看不太清楚他的五官，我还是往上望着他的脸说。

他用一根手指摸摸我的下巴："伊恩·杰格，是吗？"

"你不想当摇滚巨星？"

"在外头那里，你才是摇滚巨星。"他把我拉得更近，但我们的身躯早已紧贴到不能再紧贴。

他要吻我吗？我几乎不认识这个人。不过我们已经一起面对了各种危险，这一定有什么意义。他似乎也照顾着我的安危，而这一定有更多意义。好吧，或许他对我的注意只是任务的一部分，然而沿着我的脊椎蹿起的酥麻感却是真实无比。

他的手指从我的下巴往上移动到我的嘴唇，温和地沿着唇线移动。我们站在那里，呼吸着对方的气息，感受着彼此的脉搏。

蓦地，建筑物里亮起一盏灯，吓得我们跳离彼此的怀抱。透过旁边一道厚重的玻璃门，我们看到门后是一个小小的门厅，有一张破烂的沙发和一排信箱。一个白发老人倚着一座雕刻装饰的楼梯，一瘸一拐地走下楼来。

"休息时间结束。"我说，失望得像是不得不走回教室的小学二年级的学生。

我们蹑手蹑脚地走下阶梯，左右张望，确定警察已经离开后，轻轻地牵着手碎步走回车子。一直等到进入车内，才开始讨论我的挑战。

"你想那算数吗？"我问。

"该死，当然。出价就是出价，不论出价的是不是警察。"

我希望他说得对。我们坐在车内等"试胆任务"传来信息，同时脸对着脸露齿而笑。很难相信这一晚的稍早，我还因为看着最好的朋友在背后捅我一刀，躲在满是灰尘的布幔后面生闷气。现在呢？有奖品，有乐趣，或许还有现金。最重要的是，在一个性感到冒烟的男生眼中，我有如一颗又香又甜的糖果。

爱死这个任务了。

第八章

对，好戏上场了。

———————

伊恩发动引擎，打开暖气。外头下起雨来。街上那些女孩有带雨伞吗？还是她们连淋雨也没得抱怨？或许雨滴能洗去嫖客的酸臭味吧。我把一边的脸颊贴靠在椅背上，对于不用再奔跑、发抖、与年长的好色男子讲价，感到十分心满意足。

伊恩跟我一样脸贴着座椅坐着，所以我们现在是面对面，相隔仅约两厘米的距离："所以你想进展到什么程度？"

他说的是任务？或者不只是任务？虽然这一晚到目前为止很令人兴奋，但创造挑战的人接下来不晓得又会冒出什么鬼主意，而我不想被他们吃得死死的。搞不好这些人只是一屋子大啖起司汉堡的油腻家伙。

怀疑归怀疑，从我嘴里冒出来的话却是："我可以在外头待到午夜。"

他拂开我前额的一撮头发："我们接下来的五十分钟可以好好玩一玩。"我的内心融化成拿铁的奶泡。可口的五十分钟。噢，等等，他指的是任务吗？

"好玩是很好。"我说，希望他能把意思说清楚点。

他脱下外套，视线没有须臾离开我的眼睛，反而更朝我靠近。他的身体散发着温暖，吸引得我凑上前去。我的手沿着他的肩膀摸索，对他的结实体魄暗自惊诧，对自己连想都没想就伸出手去碰他更觉讶异。任务不知怎的改变了我的冒险基因。雨水打在车顶上的声音给我一种躲在台面下的刺激感。和伊恩一起安身在这个舒适的空间里很美妙，真的很美妙。

当然，手机不在这时响起，更待何时？它们大声播放着胜利的乐章，吓得我差点儿撞到车顶。我完全没料到自己会想念起那个令人毛骨悚然的小孩来电铃声。我打开手机，不是因为在意短信内容，而是单纯要停止那个声音。"试胆任务"传来的信息充满了惊叹号。

"靠。"伊恩在我看短信时喃喃说道。

跟我心里想的完全一样。我不只赢得了新手机，观众还增长到七千名，因此累积出一千四百美元的奖金。我觉得自己快要昏倒了。

除了挑战成功的信息之外，"试胆任务"也让其他的信息进来了。丽芙和依露伊各传了十二条短信，先安慰我（那是马修的损失），接着是惊喜（那真的是你吗？），然后是恭贺（天啊！天啊！天啊！）。

我等不及要把这一晚的细节一五一十描述给她们听，就像我通常会和西妮分享的那样。

她和汤米都没有传短信来，连"你搞什么鬼"之类的都没有。怪了。

我试验性地拨了汤米的号码，他接起电话时的声音听起来有些嘶哑："你没事吧？怎么不早点儿回电给我？"

要死，应该传短信的："任务进行时，'试胆任务'不让我的手机通话，我第一个就打电话给你，你永远也猜不到我赢了多少奖金。"

他带着指责的怒气灌满我的耳朵："在他们逼你做了那些事情之后，最好是有很多奖金。说真的，你知道有多少人在市区那个地方遭到枪杀吗？如果被捕，你会留下犯罪记录。"

外头的雨变大了，还发出隆隆雷响。我在保龄球馆外跌伤的屁股又开始隐隐作痛："我不是真的去做坏事，那些全都只是在演戏。"

"你放饵钓嫖客，协商交易，还拒捕。要证明你只是在开玩笑可不容易。"

我干笑着说："恭喜你赢得法律与治安学位。"不过一侧身那阵令人不得安宁的刺痛却告诉我，他说得没错。

"嘿，你已经赢得一些奖品，也玩得很开心，所以要见好就收，对吧？"

一道闪电瞬间让周围的每样东西都泛着青光："对，反正也已经很晚了。"

"很好，我很庆幸你在情况变得更危险之前回家，我不信任那个叫伊恩的家伙。"

那个叫伊恩的家伙正把我的手指当成竖琴般爱抚，我的手臂上每根毛发都愉悦地竖起。他的抚触像是某种神奇的指压，镇定了我腿上的疼痛。

噢，对，我还在讲电话："伊恩很棒，我们明早见，一起拆布景，好吗？谢谢你在初级挑战中帮我的忙，我欠你一个人情。拜啦，汤米，你最棒了。"我趁他还没能继续唠叨，啪地合上手机。

伊恩皱起眉头："我以为我才是最棒的，你已经在劈腿了吗？"他扬起嘴角。

嗯，他觉得我们的关系已经密切到足以用上"劈腿"这两个字？他咬着下唇的方式让我好想也去咬。如果他只是在跟我玩，那么他真是个高手。但他又为何要玩弄我呢？我们的立场是一致的。

我的手机响起，铃声变成我在警探节目中听过的摇滚乐曲。看来今晚我是摆脱不了滚石乐团了，不过伊恩的手机倒是悄无声息，真是奇怪。

阅读新的信息时，我苦着一张脸。

他睁大双眼："怎么了？"

我试着理解自己读到的内容究竟是什么意思："这场挑战，嗯，不一样。"

"怎么说？"

车内的暖意尽失。把挑战内容告诉伊恩，意味着要跟他解释一些有关我个人的私事。换句话说，就是"我只是个一直待在幕后的怪咖、永远的西妮跟班"那类事情。一旦被他看到真正的我，这个童话故事就会画下句点。

我吞了口口水："这和我的真实生活有关。"

他的竖琴演奏从我的手指往上移动到我的手臂。多么悦耳的曲子啊："与现在这个虚假的生活成对比？"

"不是虚假，只是比较不真实，你懂吧？"

他目不转睛地看着我："这些挑战是任务，但在挑战和挑战之间的一切可不是。不管怎样，对我来说不是。"

"对我来说也不是。我的意思是，这次'试胆任务'要我激怒的不是陌生人，而且不晓得为何挑战没有提到你。"

他耸耸肩："我确定他们会想出一个给我的挑战。所以，他们要你做什么？"

我移开视线，望向挡风玻璃外面："去我们学校今晚公演话剧的剧场，我是负责舞台妆和戏服的工作人员。无论如何，我需要到闭幕派对上质疑朋友一件事，然后批评她演得不好。"最后这件事既愚蠢又残忍。我真的不明白，"试胆任务"怎么知道我在生西妮的气？谁告诉他们的？丽芙和依露伊？她们认为这是在帮我的忙吗？

他的手滑下我的手臂："听起来，这与你今晚面对过的其他事情相比，还不算太糟。那些妓女可能会挖出你的眼珠，你的朋友不会，不是吗？"

我沉吟了一下。"不会。她比较戏剧性而不是暴力。"我大声地呼出一口气，"但这场挑战感觉更难。在陌生人面前做讨人厌的事情是一回事，这些人可是我的朋友。"理论上这场挑战应该会比较简单，其中却没有任何一点儿让我觉得容易。

伊恩的手放在我的手上，感觉暖而平滑："我懂。"

是吗？很难想象他变得慌慌张张，或是在朋友面前张口结舌。尽管皮条客找他去走走时，他看起来很紧张，但谁不会呢？

"你要告诉我，你得质问对方什么事情吗？"他问。

我叹口气："和一个男生有关，不过那已经是陈年历史了。"我对马修的感觉这么快就过去，倒是出乎我的意料。

他扬起一道眉毛："这场对质会引发两个女孩激烈的争吵吗？拜托你说会。我也愿意付钱观看。"

我打了一下他的手臂："别抱什么希望。这个男生根本不值得。我说啦，那已经是过去的事了。"没有什么比一个性感的男生更能让你忘了另一个。

"过去多久了？"

我查看手机："大约三小时。"

我们俩都笑了。

然后轮到他的手机响了。阅读短信时，他露出困惑的神情："我的挑战分成两部分，但他们只传了第一部分来，基本上就是要我在你的挑战中当个道具。"

"他们要你做什么？"

"对那里最火辣的女孩放电。"

我的心一沉，又是利用西妮对我的重重一击。"试胆任务"怎么知道毁了我这晚最好的方式？在伊恩对小西放电的时候质问小西，分明是替我量身定做的地狱。我露出一张苦瓜脸，接着却意识到这是决定接受挑战才会陷入的地狱。

"唔，反正这场挑战不重要。"我说，"我要退出了。"

伊恩坐直身子："为什么？没有危险，你能见到朋友，我从头到尾又都会跟你说话。"

"不，你会太忙着对那里最辣的女孩放电。"而她则会欣然接受。

他用两手捧起我的脸："那里最辣的女孩会是你，毫无疑问。"

我仔细看着他水润的双唇："你还没见到我那位女神级的死党西妮，她是这出戏的女主角，也是学校每个活动的明星。"哪，他开始看到真相了。在这个由我们堆砌起来的梦幻表象上，我的坦承是第一道裂缝。这个梦比汤米替话剧打造的布景还不持久。

伊恩的凝视变得更热情如火："可是我遇到了你。我向你保证，你比任何戏剧皇后更有魅力，跟你调情会是最简单的挑战。"

"哈！挑战被你说得好诱人。"

"你应该比谁都清楚什么是诱惑。"他把我头发上的一条橡皮筋拿下，再往前靠过来，缓缓地拿下另一条。当我们四唇相触时，一股电流从我的肌肤上吱吱闪过。他的唇吻起来一如外表那么甘美。我会被这个人迷倒，而且说倒就倒。我们紧紧相拥，所有的时间感都消失殆尽。他尝起来像是莓果，那种你永远也吃不够的莓果。对他的渴望让我整个儿精疲力竭。当我们分开来时，我差点儿喘不过气。

他的声音沙哑："来吧，薇，这场挑战完全以你为主，我会尽力让你在朋友面前闪闪发亮。等我们在那里完成挑战，戏剧女孩会被人忘得一干二净。"

说得好像西妮可以让你说忘就忘似的，她从来不是等闲之辈。打从幼儿园的第一天，她戴着小皇冠和孔雀羽毛到校时便是如此。所有的小孩都想和她一起玩，她却选我作为密友。我很静，但会用铅笔和橡皮擦帮她安排服装色彩。在那些日子中，我穿了很多黄色和粉红色。

不过，那一年，以及之后的每一年，西妮选我作为密友并看重我的意见这件事，都让我觉得自己很特别。她并非不重视自己的看法，她总是宣称她最会看人，而且从第一天起就知道我们会是永远的朋友。我充满感激地接受她的友谊，不在乎别人把我看作她的陪衬。她或许很情绪化且爱管闲事，却一直都是个讲义气的朋友，直到今晚。她怎么会背叛我呢？

我端详着伊恩完美的颧骨，他则以一根手指沿着我的太阳穴抚摸作为回应，传送一种甘美的颤抖直入我的核心。谁知道这么轻微的碰触感觉会这么美好？能和一个为我意乱情迷的人一起出现在剧场，会是件多么兴奋的事啊。这一次终于轮到我得奖了。这个画面太令人陶醉，我无法置之不理。

我在心中盘算着，前往礼堂顶多用掉二十分钟，再花个十分钟就能出来。幸运的话，我可以在门禁前回到家。如果不能，或许爸妈会看深夜新闻节目看到睡着。

伊恩露出微笑："我如果完成我挑战的第一部分，奖品是'来杯爪哇'的赠品券，你不想让我拿不到吧？"

"我确定咖啡吧台员会张开双臂欢迎你。"

"欢迎我们，你会和我一起去那里约会。"

约会，未来，听起来好神奇。由于他提到了奖品，我这才意识到自己在"试胆任务"的短信中一看到小西的名字就定住了，所以跳过奖品链接没看。我深吸一口气，打开手机看个清楚。

我的下巴掉下来了："噢，哇，如果完成这场挑战，我可以在最爱的服饰店里疯狂大采购，金额以三千美元为上限。"那会让我的衣柜从头到尾焕然一新。当然，仍然会是古董衣，但不那么朴素，反而闪闪动人许多。不，不会闪闪动人，但绝对会吸引别人的目光。为什么不呢？我是今晚完成两场实况转播挑战的女孩。等我周一回到学校时，大家看我的眼光都会不同了。

他移得更靠近了："没有坏处，宝贝。"

天啊，单为了听他唤我一声"宝贝"，我就心甘情愿接受挑战。

"可是我从来没有和西妮当面起过冲突，不像这样。"我的双手扭搅着，不确定接下来该怎么办，"我们的争执大多只是小事，她反正通常都能顺心如意。真的很生气时，她会上演真人实境秀，大哭大闹又跺脚，我则会变得很安静。不过我们总是会和好，以前也从没为男生吵过架。"我没补充说明的是：吵这种架并没有意义。西妮看上了哪个男生都会付诸行动，毫不迟疑，别人怎么想是别人的事。

"听起来她被宠坏了。还有，你们争的那个男生也像是脑残。"

我哈哈笑出声来。如果我和伊恩一起走进去，马修会嫉妒吗？这是他过去几周误导我的报应。西妮会了解我想给马修一个教训的渴望，而她既然对我感兴趣的男生出手，就该尊重我叫她出来说清楚讲明白的要求。虽然做法很戏剧化，但话又说回来，谁比她更懂得欣赏戏剧性？或许今晚会是我们友谊的转捩点，一个让事情变得稍微平衡一点儿的转折。

这幅爱国人士要求公理正义的画面充斥在我的脑海里，我说："好吧，我们做吧。"

伊恩发动引擎。"薇，薇，薇，"他眯起眼睛唱着，"是如此非常的……"

"非常什么？"

他凝视着我，视线像是直直穿透了我的灵魂："非比寻常，那就是你。非常，非常，非比寻常。"噢，那些 V 开头的字啊，还有那双唇。

"你自己也很非比寻常。"

等红灯时，他把我拉向他，提醒我他有多么非比寻常。然后信灯号变了，后面一辆车对我们按喇叭。

我们比想象得更快抵达礼堂的停车场。这里至少有十二辆车，不过没有汤米的，他一定正在家观看并替我担心。假使他还在看的话，希望他能懂得这是为什么。我哪里晓得"试胆任务"会抛给我这种挑战？仔细想想，这场挑战对观众而言有什么好看的呢？窥视人又不能随便闯入派对。山塔纳女士可能不是很会监督青少年，但有陌生人出现的话，很快就会被她踢出去。或许"试胆任务"把我多么迷恋马修的事情整理成一个很长的童话故事，可是现在我也喜欢伊恩。观众看到的时候会以为这是三角恋情。尴尬的是，伊恩是负责拍摄视频的人，但如果"试胆任务"想用这种方式花钱，我倒是没有问题。

唔，或许不是全没问题。到达这里以后，我对"让伊恩见到西妮"这件事又开始三心二意。什么时候有男生对我的注意力比对她还多？万一他情不自禁呢？

他关掉引擎："雨势减弱了，我们应该在又增强以前快跑。"

没时间再考虑东考虑西，我想得越多，越有可能丧失勇气，而我对怯懦的自己已经厌烦无比。我咬着下唇，让它变得红肿。这是可怜女孩的口红。我们各自用外套盖住头，下车后在小雨中疾奔。

"好戏上场了，美女。"伊恩抓着我的手说。

我勉强一笑，深吸一口气，然后再一口。

对，好戏上场了。

第九章

他一定是我们的正式窥视人。

————————

我们从礼堂大门进入，先用袖子擦过被雨淋湿的脸，然后再往里面走。舞曲放得震天价响，夹杂着短促而尖锐的笑声。我们进入大厅，看见西妮仍穿着那件紧到会令大多数人窒息的马甲，飞快地横越舞台，而一班男演员，不论是同性恋还是异性恋，都跟在她的后头。他们利落地躲到由汤米设计、我帮忙绘制的窗帘布后。视演出时的照明程度，那块轻透的垂帘忽而是极地草原，忽而又变成审问间朴实无华的背景。现在它被设定在草原模式，西妮则是草原上最艳丽的蝴蝶。

我紧抓着外套，把自己裹得像个茧，一边看着伊恩注视那些演员。他的眼神有没有在西妮的身上逗留呢？

西妮迎上我的视线，立刻从舞台上跳下来："薇，我们一直在为你加油！"尽管穿着十厘米高的高跟鞋，她仍从中央走道冲过来抱我，差点儿没把我撞倒。她的拥抱紧到我能感受到她戏服里的竹条。

嗯？她对我昨晚的挑战那么生气，现在应该气到七窍生烟才对啊。或许她对最好朋友的支持只是一种表演。在她公然与马修背叛我之后，这真是令人难以置信。

她往后退开，目光落到伊恩身上。他用一只手臂环抱住我，伸出另一只手来自我介绍。

她呵呵笑着举高她的手机："我当然知道你是谁，我们大家都知道。你们看了芝加哥的头奖回合吗？刚刚有个人在鱼的内脏海里游泳。"

她指向杰克，一个几乎和我一样矮小的男生，他高高举起一台平板电脑，播放有人到处喷溅汁液的视频。我发誓我可以闻到恶心的鱼腥味。视频结束后，一则广告横越屏幕。那也是某个女孩在黏糊糊东西里游泳的画面，只是那个东西是绿色的，而她游得上气不接下气。紧接着又跳出另一则广告，主角换成一个绑着两串发束、穿着吸血鬼 T 恤的女孩。广告视频中，她正在回避另外两个穿着闪亮热裤的女孩。天啊。

我指向屏幕："我不敢相信他们居然用我的照片去替'试胆任务'打广告。"

"相信吧。"听到我的反应，西妮大喊一声。"所以，你们怎么会到这里来？任务结束了吗？还是你们决定不要冒险参加头奖回合，以免把到手的奖品通通输掉？科罗拉多刚刚开始了一场。"

伊恩放下手臂，捏捏我的腰。小西没有漏看这个举动："我们现在算是处于等着看的模式。顺道一提，你的妆很棒。"

她摸摸自己的脸颊："是啊，薇很有才华。"

伊恩把脸在我的头发上压了一下："没错，非常。"

西妮的头歪向一边，像是没听清楚他说的话。

　　有部分的我想要品尝这一刻，有部分的我又想赶快做完挑战。现在，不论是否准备好了，我都得开口："嗯，小西，我们有件事需要谈谈。"我但愿自己能告诉她，这是挑战的一部分。

　　她蹙起眉头："好比你为什么决定继续玩'试胆任务'？我想我了解。"她对伊恩眨了个眼。她是怎么回事？以为这样我们就会在她下个月加入任务时替她美言几句吗？

　　伊恩没有理她，只是抽出手机，像是在检查信息。他看我一眼，给我一个飞吻，一秒也没有把眼神移到小西身上。我想我真的爱上他了。

　　西妮表情呆滞地站在那里。以前有哪个男生忽略过她吗？

　　"所以，小西——"我说。

　　剧场后面的一扇门砰然甩上。

　　汤米大步穿越主入口，眼神有如雷射光一样投射到我身上。

　　罪恶感的大浪威胁着要把我吞没，我软弱无力地对他挥挥手。他来这里干吗？

　　他把一台摄影机放到面前，它的前端下方有一个犀牛角似的麦克风，功能看来相当强大。噢，哎呀，他一定是我们的正式窥视人。

　　我转向伊恩，发现他带着一个震惊的表情凝视着自己的手机。他吞了口口水，然后说道："就跟她说你该说的，快！"

　　我清了清喉咙，对小西说："我之所以答应要玩实况转播挑战，是因为我在生你的气。"

　　她一只手放到胸口上："我？"

　　我不禁替她感到难过。我和伊恩的行为肯定让她质疑起自己所知的现实。

汤米走到我们旁边停下来，让西妮和我双双入镜，而且就在麦克风的杆子底下。摄影机发出有规律的红光，宛如愤怒的心跳。

西妮眯起眼睛："汤米，你在做什么？"

他在嘴前竖起一根手指。

我抓住小西的手臂："我们回更衣室去。"

她拒而不从："这是在干吗？你为什么生气？"她的音量提高了几分贝。

她真的不知道吗？"等我们有一点儿隐私之后我再跟你说。"

汤米发出牢骚："你如果要隐私，你男友就无法播放这段视频。"

西妮的前额紧绷，伸手要夺伊恩的手机。

"你也在拍我们？这是一场挑战？你们正在进行另一场挑战？"

伊恩把手机放回口袋，没有回答小西的问题，反而怒视着室内每个人，像在挑战他们敢不敢上前阻止。

我继续进行这个恐怖的使命："听我说，小西，我只是需要很快地说完一些话，然后就走。"我告诉自己，这不是在侵犯她的隐私。她反正不是那么在乎隐私，她的"这就是我"网页上放满了穿着比基尼的照片。

我低声说道："我生气是因为你明知道我对谁有意思，却还勾引他。"

"大声点儿。"汤米说，"观众听不到你说的话。"

西妮在胸前交抱双臂，这个动作让她的乳沟变得更深。现在她知道自己在舞台上，我没办法预测情况会变得如何，只知道她必会为了她的观众卖力演出。等一下，那些人是我的观众。

我越快完成这个挑战，越有可能活下来。或者至少不要昏倒。我已经开始眼冒金星了："你知道我喜欢过一个和你同台的演员。"我瞥向伊恩，希望他听到我用了过去式，却发现他根本没注意我。他的脸上充满了痛苦。

不论如何，我说了下去："可是你今晚却在最后一幕对他投怀送抱。剧本上说要亲吻，不是扑上去。"

小西的眼睛大睁："你指的是马修？"她受过良好训练的嗓音传遍了整座剧场。

"我怎么了？"马修说，从舞台上跳下来。当他加入我们时，我注意到他的脸颊上有三种不同颜色的唇膏印，身上散发出至少三种香水味。这家伙根本是个细菌培养皿。

我朝他一抬手："和你无关，马修。"

有人关掉了音乐。山塔纳女士？她在哪里？丽芙和依露伊呢？我确定她们会站在我这一边。所有人的眼睛都盯着我们，有几个人甚至拿起手机对着我们，连有时会协助我设计戏服的杰克也高举他的平板电脑，拍下这一幕。我今晚应该已经习惯这样的注目，但摄影机的光线犹如火热的烙铁，在我的肌肤上烙印。

我转向群众："好了，继续开你们的派对吧，各位。视频很快就会全部传上网。"

没有人走开。

我的双掌互相揉搓："反正，我要说的已经说完了，西妮。我现在要走了。噢，还有，你在审问那一幕的演出太夸张了。"这样的负面批评应该能满足挑战的要求了吧。既已完成挑战，我就不再对小西满腔愤怒了。谁在乎马修啊？

她抓住我的一只手臂。"我会让你知道什么是夸张。你刚刚指控我背叛你，但我明明警告过你，也以为你对马修已经没那么认真。"她的脸颊变得绯红，换作别人会显得面貌丑恶，在她脸上却只凸显出她令人惊异的漂亮脸形，"你刚指控我一些糟糕透顶的事，不过我绝不会从背后捅你一刀。难道你没注意到马修在舞台上抓我抓得多么用力吗？我没办法退开。你看到这个瘀血了吗？"她指着她的手臂说。

马修不让她走？他的握力的确很强，而且就算花是他送的，也不代表小西会收下。噢，哎呀，我是不是误会了？我往后退："呃，对不起。听我说，我们明天再谈这个，好吗？"

她往前冲过来："不，我们应该现在谈，毕竟摄影机的目的就是为了这个。"她把双手放在屁股上，矗立在我面前，看起来比我高上将近二十厘米，这真得感谢那双我替她的戏服挑选的蠢高跟鞋。

整间剧场鸦雀无声。我环顾四周，看到大家的脸和手机以陪审团的炽烈目光注视着我。要死，我彻底搞砸了。西妮站在那里宛若一尊雕像，光芒万丈又愤愤不平。一如往常，她胜利了。

"我在等你解释，薇。"她一脚轻拍着地板。

每个人似乎都和她站在同一个立场，我发誓他们的脚一定也在轻拍着，剧场鼓动着她对我的指控。再一次，我变回一个崇拜者，只是现在我的配角地位不再隐身幕后，而是公开在数千人的眼前。

时间似乎静止了。我要怎么才能回到伊恩目睹这场绝对羞辱之

前、我们在他车内独处的那段美好时光？可惜汤米也生我的气了，
不然如果有人能发明一台时光机器，那一定是他。

我使出最后一招，在身旁摇摇右手，吸引西妮的注意。当她看
过来时，我用手语对她比画着："对不起，真的，让我走，好吗？"

她盯着我的手，眼神软了下来。她会放我一马吗？她必须了解
我为何会有那样的想法，为何会做这些事。有谁比她更了解我？而
且总是想要保护我？

我屏住呼吸，比出手势："拜托。"

她猛地抬起头来："你欠我一个道歉，现在就说。"

我刚刚才用手语向她道过歉。她要公开羞辱我吗？当然是，这
是报复。事情怎么会有这么相反的结局？我的胸口燃起了一团火：
"我要走了。"

她定定地望着我。"又来？在你背叛我，并对我的演技提供你专
业的评论之后？"她摇摇头，"你应该在演出结束之后就把事情搞清
楚，而不是在镜头前。你走得太快，甚至没跟你爸妈打声招呼。"

我停止呼吸："我爸妈？"

她发出啧啧声："对。他们超级以你为荣，却发现你没有告诉任
何人你要去哪里就走了。做得好啊，薇。"

我想象得到爸妈的表情。对他们来说，今晚让我离开视线不
是件容易的事。我自己也急着想让他们知道，他们没有什么好担心
的。我怎么能让他们失望呢？小西又怎能把他们带进这件事中？这
是最糟的挑战。我若是没有加入"试胆任务"，一定会在这里陪爸
妈，让他们知道事情真的都回归正常。可是，为了一个手机和一双

新鞋，我毁了一切。沮丧和愤怒的泪水开始滚落我的脸颊。

伊恩走上前来。"你们这群混蛋现在开心了吗？"他完全没有示警一声便冲向杰克，抢下他的平板电脑。"关掉，否则我会揍你。"

我抓住伊恩的手臂："杰克没关系的。"

伊恩把我甩开，对着杰克的脸喷气："滚出去，小矮子。"

杰克匆匆后退，看起来像是要哭了。他倒退着走，撞倒了几张椅子，然后才和舞台上其他演员站在一块。

伊恩抓住我的手："来吧。"

看他这样的行为表现，我才不要和他同进同出。可是待在这里，被每个人当成罪犯看待，感觉却是更糟的事。

我们大步经过汤米旁边，他放下摄影机，露出眼底深色的污渍："又一场精湛的演出。"

我怒视着他："希望他们为你的小小视频制作提供了很好的奖品，汤米。"

他胡乱摸索着一条线，咕哝着说："我拍到我要拍的。"

有什么促使我停下脚步，并说："嘿，我正式声明，我在和你说话时，真的以为我不进行这个任务了，但他们给我的挑战太诱人，我抗拒不了。"

他的五官缩成一团："如果这是你所谓的诱人，那你就不是我以为的那个女孩。"

我也不是我所以为的那个女孩。我不知道自己是谁。我只知道我是垂着头跟在伊恩后面走出剧场的女孩。

走到大厅时，西妮追上我们。她改变心意了吗？

她喘着气宣布："虽然我对你超级不爽，但我认为你不该跟他走。现在就退出任务，那个妓女挑战已经够危险的了，现在看看这场挑战有多么疯狂。在他那样对待杰克之后，你还想和这个混账一起离开？"

她对伊恩怒目相向，伊恩移开视线，看起来十分不自在，片刻之前显现的怒火已完全消失。他有双重人格吗？

我说："我只想回家。"

她对伊恩说："你可以给我们一分钟吗？不要动手动脚？"

他大声吐气，朝外头走去。

她摇摇头："我知道他很性感，可是说真的，薇，我非得解释你为何不该跟他走吗？"

一股倦怠感朝我袭来："你以为我是谁？一个不会照顾自己、无脑又随便的女生？"

她用修整得毫无瑕疵的手指朝空中一戳："虽然你几分钟前表现得不像是个朋友，但我是以朋友的身份告诉你，那个男生不是个好东西。"

我叹口气："你怎么知道？"

她皱了皱鼻子："你看到他是怎么威胁杰克的。在那之前，他也太，太，呃，太完美了点儿。"

我的脖子整个儿紧绷："你是说，对我而言，他太完美了？"

"我完全不是那个意思。"就是，我从她的表情看得出来。

"晚安，小西。"我跑到外头去思考。或许我该叫辆计程车。

伊恩在挡不了多少风雨的遮雨棚下缩着身子，表情哀戚，不带怒意，但我还是不想搭他的车。

我保持距离，喊道："在里面时，你到底是怎么回事？"

他往墙上一拍："那是我的挑战。那些混账要我表现出连我自己都会鄙视的行为。对不起。"

噢，见鬼了，当然是这样，这个任务绝不会让我们两个好过。我走过去，把他轻推向车。当我们快步走向车时，西妮打开门，在我们身后大喊着什么，但话语都被风声盖过。上车后，伊恩立刻发动引擎，打开暖气。

他的下颚仍然紧绷："你想那个叫杰克的男生不会有事吧？"

"不会的，你又没有真的打他。"

"可是我羞辱了他，也吓到他了。相信我，有的时候被揍还比较好。"

"是啊，这场挑战烂透了，我的朋友现在全都讨厌我了。"

他牵起我的一只手："或许有一件小小的好事，那就是面对西妮你没有退缩。你紧握双拳的样子也很可爱。"

"呃，我但愿有个方法可以去'试胆任务'的网站，删掉所有的视频。"我检查我的手机，再十分钟就十二点了，即使现在冲去保龄球馆取我的车，也赶不上门禁时间。唔，再次被禁足对我的社交生活倒是无害。我自己已经把它弄得糟糕透顶。

"我们该走了。"我说。

他点点头，看起来就和我一样挫败。然而，他还没驶离停车位，我们的手机已经响起柔和的竖琴和丁零声。我没力气接我的手机，这个任务已经毁了我的人生，现在又想用天堂般闪亮亮的乐曲来安抚我的感受吗？一旦恢复精神，我就要传一个大大的"老娘不玩了"给他们。现在，我只是把头埋在双手里。丑陋的号啕大哭随时会如海啸般骤现，然后睫毛膏会流淌在我的脸上，留下斑斑污渍。

车子没有动。过了一分钟，伊恩吹了声口哨："你不会相信的。"

第十章

只要你完成头奖挑战，我们会……

———————

"送我回家就好，拜托。"我怕自己在到家前就先崩溃，只好努力回想一些不那么糟糕的时刻，好比我设计过一件可重复使用的舞会礼服，还在"高级时尚"网站的竞赛中赢得了银带奖。那天，西妮眉开眼笑，引以为荣，并要我答应在她结婚的时候帮她制作婚纱。然而，想起这件事只提醒了我，即使是在我如鱼得水的领域，我仍是个配角，从来不曾，也永远不会是个明星。小西是忠实的朋友，我不是。现在，伊恩看到真正的我了，一个在西妮的百万伏特轨道上运转、只想被大家接受的小人物，一点儿也不足为奇。而且，今晚之后，西妮和其他人大概都不想和我做朋友了。

伊恩靠得好近，呼吸吹拂到了我的耳朵上。那两瓣完美的嘴唇耳语道："说真的，你仔细瞧瞧。"

我睁开眼，发现他把手机放在我面前，播放我们今晚忍受过的挑战视频剪辑，外加一条横幅标语："看看我们想要谁来参加头奖挑战！"

伊恩的眼睛好亮："就在西雅图这里。只要完成挑战，我就能赢得一辆专属于我的车，还有超大额度的免费汽油，足够让我行遍天下。"

"你那么想去的地方到底是哪里？"

他吞了一口口水："那和离开的能力有关。自由。"

"他们要你为那辆车做什么？不绑绳子的高空弹跳？"

他哈哈一笑："这才是我的女孩。"

他的女孩？他又怎么会觉得我风趣？"我说真的。挑战一定是不可能的任务。"

他耸耸肩："我们很快就会知道了。检查你的手机，看看你的头奖是什么。"

"谁在乎啊？"

他缓缓露出微笑："你啊。"

我闭上眼睛。他说得没错。尽管对这个任务心生厌恶，我还是忍不住好奇。整个晚上，"试胆任务"都悬吊着我最想要的胡萝卜。在我与西妮那场灾难性的挑战之后，他们以为还有什么引诱得了我呢？一本假护照加上外语光碟片，还有那个国家的货币吗？

"只要你朝着保龄球馆开回去，我就会看看他们提供什么。我已经要赶不上门禁时间了。"

他开车上路，我检查手机。阅读短信时，我有种血液全往下冲的感觉。

我气若游丝地开口说道："噢，天啊。他们不可能这么认真。"

"你知道他们做得到，你看过那个和蓝天使飞行表演队一起飞行的赢家。"

我咽了口口水，一分钟前卡在喉咙的那玩意儿已经消失无踪了。我的绝望被震惊一扫而空："时尚学校的全额奖学金。"

"漂亮。"

又有一则短信传来，我用颤抖的声音大声念出：

你们已经证明你们是一个很棒的团队，准备要接受抱得头奖归或空手而返的挑战了吗？以下是你们的挑战内容：

·十二点半时进入罂粟俱乐部的贵宾室（地图如下）。

·接受五分钟的访问。

·待在贵宾室内三小时，完成到现场后才会告知你们的挑战。

我和伊恩面面相觑。车外，雨势转弱，两侧的窗上映着珠光月色，或许我们已经度过了最大的风暴。

我摇摇头："我想那是一家私人舞厅，还好他们没有建议我们去偏远弃置的屠宰场。"

他露齿一笑："听起来你在考虑要不要接受，我说的是头奖挑战，不是屠宰场。"

"我爸妈会宰了我。"

他大笑："你已经面对过一群愤怒的纯情少男少女，假装是个流莺，逃离警察的逮捕，又激怒最好的朋友，现在反倒担心起门禁来了？"

"我妈比那些人还恐怖。"

"最糟她能做什么？"

我盯着车顶："最糟？首先会让我十一年级全年禁足吧。我不是在夸大其词，我已经从去年十一月被禁足到现在。"

他揉揉下巴:"时尚学校的学费难道不足以软化她的怒气?你只要提醒她,不用负担你的大学学费,她和你爸能享有多少乐趣,或许去斐济度个假?"他随意执起我的手,仿佛我们是对老夫老妻。然而,肌肤相触的感觉却是电力十足,一点儿也不觉得老。

"事情没这么简单,我和他们的关系已经有好一阵子不太对劲。"哎哟,我干脆把生理期都用哪个牌子的卫生棉条告诉他算了。

他长吸一口气:"或许你正需要这场挑战来改变情况。"

我的皮肤感觉灼热、敏感,像是被他看到了太多。

"我如果不快点儿回家,他们会很担心。"

"打电话给他们,找个借口。你的车很旧,说它抛锚了,我在帮你修。"

"好像这么说他们就会买账一样。即使他们信了,也会追踪到我的位置,我的手机虽然很差,不过我确定手机上的全球定位系统仍够先进。"

"好吧,那么你必须决定哪一个比较好。现在回家,超过门禁,有一笔可以添置新衣的额度,还有一个手机。或者,几小时后才回家,但有刚刚那些东西,再加上奖学金?如果最后的结果是遭到禁足,那就利用这段休息时间做出更多作品,或是为即将申请最贵课程做必要的准备。还有,不要忘了额外的好处。等朋友看到你在头奖挑战中有多强,他们会忘了你和西妮那小小的一幕,说不定还会觉得那很滑稽。"

滑稽,当然。他会这么跟我说,显然是认定仍需要有我这个伙伴,还有,他想要一辆新车。我有一点儿被赶鸭子上架的感觉,不过谁能怪他努力争取呢？不论如何，即使没有他的催促，去上时尚学校的想法也像座灯塔，在我的脑中不断投射出明亮的光线。尤其是我的大学基金已有一大部分拿去支付先前发生意外的医疗账单了。当然，我会冒着失去手上这些奖品的风险，但那些奖品没有一个会缓和家里的紧张，或是展开一条新路，让我们有个新的开始。

我用双臂环抱住自己："你想贵宾室内会发生什么事？在数千名观众的眼前，他们没办法伤害我们，对吧？"越多人看越安全，这是我最新的座右铭。有多少电视节目都是仰赖这个概念来防止玩家彼此厮杀？

伊恩轻拍着方向盘："他们可以把情况安排得让人很想痛扁我们一顿，就像那些贞爱立约承诺人。不过他们毕竟还想继续吸引玩家，所以我怀疑事情不会真的失控。"

在等红绿灯时，我凝视窗外一个遛狗的男人。他抬起眼来，与我四目相接，身子霎时摇晃了一下。然后，他改变方向，扯了一下狗链，匆匆过街，像是怕我会跳下车去攻击他。我的脸色有那么糟吗？没有人怕过我，从来没有。

我的手机响起温和的钢琴声。

我们又看了一次伊恩和汤米传来的最新视频。看来在上一场挑战中，你付出的代价比我们想象得还多，给你一个弥补的机会怎么样？只要你完成头奖挑战，我们会安排一位好莱坞经纪人面试西妮。这是我们的一点儿小小心意，用以缓解两位知交间受伤的感情。

西妮会爱死这个的！这可能会是她的重要起步，比我所能给她的任何补偿更好。"试胆任务"似乎非常了解我们两个，但我又何必惊讶呢？

　　另一则短信闪现着：

　　你们要玩还是要退出？观众在等。

　　我们的观众。现在有多少人了？话剧演员和工作人员大概还在看，即使他们已近距离目睹了最糟的情况。或者，他们还没有？我需要找个可以信赖的人给我忠告，一个不怕会失去新车的人。我试着打电话给依露伊，接着又拨了丽芙的电话号码。两通都打不出去。

　　一则信息传来：

　　你需要自己做决定。

　　"我打不出去。"我用手梳过我软塌的头发，"就算我想在外面待久一点儿，也没办法打电话给我爸妈捏造借口。"

　　伊恩看了我一眼，然后又转回去望着前方的路："我想你只能在事后恳求他们的原谅了，前提是你下定决心要做。全看你的意思，薇。"

　　全看我的意思。

　　我凝视着他的侧面，一边大声把脑中的思绪讲出来："在夜店舒适的房间里待上三小时，一举一动被数千人盯着瞧。付清时尚学校的学费。你能拿到一辆新车。"

　　"这对我们两人来说都代表了自由。"

　　"对，自由，或许还有一些别的，我让很多人失望透顶。"

　　"这我倒是存疑，你那么有同情心，看看你对冒犯那些纯洁的青少年有多么忧心忡忡。然后又想救那些妓女，即使她们曾经威胁要攻击你。你有一颗善良的心，薇，也很有存在感。我不知道你和朋友在一起时，为何要把这份存在感藏起来，但我有幸目睹，而且发现那真是性感得要命。"

他的话语像是一剂镇痛软膏，不论动机为何。我还不确定我能多么信赖他，我当然不能把命交到他手上，但把身体的某些部位交给他大概无妨。

他边开车边执起我的手，亲吻我的手指："所以现在你必须决定要不要接受这个挑战，如果你选择退出，我会理解，真的。"

我深吸一口气。不用再多做什么，就能带着一千四百美元和一些超赞的奖品回家。就算伊恩因为我的决定而不得不退出任务，也仍会保有那张宝贵的巴士票。

反之，如果违反门禁几小时，忍受头奖挑战中任何等着我们的坏事，我真的能扭转人生。回校时我不会变成在镜头前和死党吵架的白痴，而会成为冒大险赢得头奖的风云人物。每个人都会知道，那个像在圣灵降临教派唱诗班中唱歌的恬静褐发女孩，和大家所想的不一样。

我是个有存在感的人，是个值得数千名观众观看的人。如果我接受下一场挑战，观众还会更多。今晚教会了我如何扩展自己的思考，至少让我跳出了框架。看在老天的分儿上，我假扮成一名流莺！如果连那种事都办到了，我还可能办到什么？尝试在下一场话剧公演中演出？要求老板加薪？让汤米不要讨厌我？我可以为了把西妮拉进今晚的挑战向她道歉，但此后她别想再对我颐指气使。或许我也终于能让爸妈相信，我没有在车库里自杀。任何事情都有可能，任何事。

　　甚至是另一场挑战。

　　"我接受。"我低语道。

　　"这就对啦！"伊恩把车停在路边，靠过来先是轻轻地在我的唇上印下一吻，接着越吻越热烈，他的双手抚遍我的头发、手臂和腰。当他往后退开时，我的唇还微微刺痛。

　　他说："你不会后悔的，我会照顾你，你知道的，不是吗？"

　　"嗯。"有伊恩在我旁边，我会势不可挡，我们势不可挡。我屏住呼吸，传短信给"试胆任务"。

　　伊恩发动引擎，回转车头。我们十指紧紧交扣，我感觉到他强而笃定的脉搏。车子每停下一次，我们的双唇就狂乱地相会。"试胆任务"有件事说对了，我们现在是一个团队。

　　途中，我编了个借口，试图传短信和打电话给爸妈，但当然"试胆任务"拦阻了我的通信。除非经过一个公用电话，否则我能做的不多。我需要专注在这个奖品上，时尚学校，还有全家的未来。

　　我们花了二十分钟才抵达罂粟俱乐部。那是一栋五层楼建筑，一楼是灯光闪烁的舞厅。当伊恩在找停车位时，震天价响的音乐也渗入车内。

　　我们在靠近侧面一处标示着"贵宾"的停车位上停车。下车时，一阵潮湿的风迎面扑来，鞭打着我的双腿，我们头顶上方有一盏明亮的灯。尽管大门口外有一群人，通往建筑物旁标示着"贵宾室"的通道却没有人影。幸好这里有雨棚，我们沿着通道快步向前走时，不至于被小雨淋湿。然后，我们看到一个庞大笨重的看门人，他要求我们报上名字，同时看着我们的脸比对手机上的影像。

终于，他点个头，皮笑肉不笑地咧咧嘴，把门打开："搭电梯上去。"

进入室内，远离了外头的冷风，但即便依偎在伊恩身旁，我仍感到一股寒意。入口区散发着淡淡的紫丁香味，我们的脚步声在大理石地板上听起来格外空洞。俱乐部的低音和重击鼓声隐约可闻，令我感到诧异，我原以为声音会再大一点儿。我想贵宾室有隔音墙，贵宾们可以随选随听自己喜欢的音乐。

面前是座小小的电梯，上面有块牌子写着："欢迎贵宾光临。"再次提醒我们用的是贵宾停车位，走的是贵宾室入口。我们步入电梯，一眼便看到全身镜中自己的身影。我看起来不像稍早前那个阳光的复古女孩，蓝色的污渍弄脏了我的眼袋。伊恩的脸也拉长了，下颚收紧。这一个晚上会让我们衰老多少？

"不要害怕。"他低语道。他的呼吸很温暖，搔得我的脖子发痒。

连着上了几层楼，电梯门才打开。迎面是一个用数种红色调营造、打着温暖情境照明的豪华入口。左边有一扇较大的电梯门，上面写着："家务管理。"正面对着我们的门上有木头雕刻装饰，但令人意外地不含任何提醒我们贵宾身份的标语。它看上去很像是城堡里的东西，那种有地牢的城堡。蓦地，我很想一个转身，拔腿就跑，一路跑回家去。

我的肢体语言一定泄露了我的想法，因为伊恩把脸贴在我的脸颊上说："我们做得到的，薇，只有三小时，我会保护你。"他亲吻我的太阳穴，捏捏我的手臂。

我的胸腔满溢着一股水波荡漾的温暖感觉，仅用三小时便能换得三年的时尚学校教育。更重要的是，这是我将功赎罪的大好机会，省下对我职业生涯最初也最重要一步的操心之后，爸妈将不得不相信我在展望未来。他们本该如此。此外，能与一位经纪人会面，梦想有可能即刻启动，西妮势必欣喜若狂。小西和我会重修旧好，我们毕竟互相信赖了那么多年，又共同经历过许多美好的时光，不可能轻易舍下一切。对，这些奖品可以带来巨大的差异。我是为了我的家人、我最好的朋友、我自己，而去努力争取这些奖品。

　　三小时，不到两百分钟。我看过比这还久的电影。我点点头，挺起胸膛。

　　我们一起推开那扇沉重的门。

第十一章

我们明天就脱身了，小可爱。

————

　　门后是一个小门厅，里面的光线和外面的电梯区一样昏暗。这里只有一张光可鉴人的柜台、三张扶手椅和一张小茶几，茶几上放着公共场合绝不会看到的东西——烟灰缸。柜台后是一道长廊，九米外一扇敞开的门透着光亮。我们左边的门厅上也有两扇门，上面分别用灯照亮了两块牌子，一块标示着"伊恩"，另一块是"薇"。

　　我的手机嗡嗡作响：

　　进入隔间接受访问。

　　"该为奖品努力了。"伊恩说，亲了我一下，便进入他的隔间。除了一张简单的桌子和浅绿色的墙面，我还没来得及看到更多，门已晃荡着在他身后关上。

　　我进入"薇"的隔间。里面有股香柏的气味，旁边还有层架，显然在真实生活中是个衣帽间。今晚这里被装饰得有如一间舒适的更衣室，有一张隐隐闪着光泽、樱桃木制成的浮华桌子，还有一张红色皮椅，放在照明良好的镜子前。我坐下来。桌上，有人放了一只用书法字体印着我名字的信封，里面是一张纸质厚实的卡片，不仅散发着紫丁花香，手写的字迹也十分华美，作风相当老派。卡片上说，抽屉里备有充分的用品，请我梳妆打扮一下。我打开一个抽屉，找到几沓小包装袋，每一个都有我只在圣诞节才会买来宠爱自己的化妆品品牌印记，并分别装着一次用量的唇彩、眼影、睫毛膏，应有尽有。下一个抽屉里有一瓶水和一个装满冷敷贴片的保冷袋。我缓缓地灌下一大口水，然后把冷敷袋放在肿起来的眼睛底下。这两样东西立刻让我的精神恢复不少。

桌上一个小小的粉红色喇叭传出叮当声响，一个女性的声音说道："还剩三分钟访问就要开始。"

我以替演员上妆的方式，客观地检查镜中的自己：苍白的肤色，疲劳的眼睛，参差不齐的头发，难怪"试胆任务"要我整理仪容。但我扮演的究竟是什么角色？不怕死的泼妇？无辜的受害者？或许画上一些战争伤口，我会得到比较多人的同情。噢，去他的。我要做我自己，一分不增，一分不减。

当我在包装袋中寻找适当的颜色时，一种自在感油然而生。我知道这是自己拿手的领域。我选用了灰色的眼影、基本的黑色睫毛膏和眼线，再扑了些粉，让肌肤的色调变得均衡，最后涂上唇彩，点亮整张脸。我找到一把很棒的梳子，据说能用某种离子化的过程让头发变得服服帖帖。在电视上看到它的广告时，我总是很怀疑它的功效，不过刷了几下之后，头发还真的丝丝顺滑。

我凝视自己的面孔。完成品是自己的脸而非别人的，感觉有点儿怪。少少一点儿化妆品，就神奇地把我今晚遭受的磨难通通藏了起来。我往后坐，感到心满意足。然而，我的影像竟然溶解不见，镜子变成了一面空白屏幕。哇。接着，上面冒出一张女人的脸，让我想起童年时玩的试胆游戏血腥玛丽（注：*Bloody Mary*，孩童游戏，玩法是独自走进浴室后关灯，点上蜡烛，拿着蜡烛面对镜子，然后默念 *Bloody Mary* 三次。据说，如此便能召唤出镜中女巫）。这个女人不像镜中女巫，只是约莫比我大上十岁。她有一头黑发，一双蓝色的眼睛，穿着一件有褶边的衬衫，看上去有种令我困惑的熟悉感。隔了一下子我才意识到，她很有可能是我未来的模样。

"嘿，薇，"她说，"我是盖尔。"

以前在看"试胆任务"时，官方发言人通常只有声音和在背景中的阴暗人影。观众看得到盖尔吗？她是设计"试胆任务"的人吗？等会儿我要跟汤米说，这个任务有一张辨识得出的人脸，不全是几个在开曼群岛有账号的匿名生意人。

我抚平我的上衣："嗨，我没想到我会和一个真正的人说上话。"

盖尔用一种很女孩子气的方式把头发塞到耳后："我们认为这会让访问变得简单一点儿。"

"试胆任务"什么时候在乎过难易了？我环顾室内："镜头在哪里？现在正在拍摄，对吗？"

她扬起嘴角，露出两个酒窝："内嵌在屏幕里，我想有一个很靠近我的右眼。对，观众看得到你。"

我眯起眼来。没错，她眼睛周围的屏幕像素显得比较不均衡。很好，观众目睹我化妆时对着镜子挤眉弄眼。

她交叠双腿："所以，到目前为止，你对这个任务有什么看法？"

要从何说起呢？说它一下子提供我一趟刺激的冒险行程，一下子又毁了我的人生吗？"比我想象得困难，而且难在意想不到的地方。"

"就像西妮那场挑战？"

看来她要直捣事情的核心："嗯啊。"

"有什么你想对她说的话吗？"

我的心跳加速："她还在看吗？"我问，满心期待"试胆任务"的官方人员真的知道答案。

"我不知道西妮是不是我们的观众，但如果她是呢？"

我往下凝视华丽的桌子，同时思忖着要怎么回答。然后，我直视盖尔的右眼："我会告诉她，我很抱歉我攻她一个措手不及，还有就是等任务结束以后，我们需要长谈一次。顺道一提，你们在播放视频时有把她的脸马赛克吧？她可没有签署视频的播放同意书。"这不是很重要，因为每个重要的人都会知道那时我在和谁吵架。

盖尔保持平心静气："我们不想浪费时间讨论无聊的技术细节，对吧？"

事实上，我不介意讨论几个技术细节，好比他们何时会停止拦阻我的通信或一开始怎么会发现我在生西妮的气。知道这个女人不会提供这类问题的答案，所以我只是坐在那里，露出一个枯燥无味的表情。

她放下跷起来的腿，身子往前倾，两条前臂搁在大腿上："我们来谈谈伊恩吧。你认为他怎么样？"她的语调变得很亲昵，宛如我们是在睡衣派对上。我提醒自己，外头有超过九千名的观众，或许更多。

我感觉自己的双颊变得粉红："他是个很棒的男生。"

"我们的观众认为，他很令人垂涎三尺，你不觉得吗？"

我耸耸肩："我有眼睛。"

她大笑道："我想你的答案是——是，你想你们今晚过后会约会吗？"

她期望我说什么呢？"我们还没谈过这个。"除非伊恩对带我去"来杯爪哇"的事是说真的。但他是吗？

"你们接吻过了吗？"

我坐直身子："呃，这个问题很私人，你不认为吗？"

她假笑一声："甜心，我们早就离隐私议题很远了，你不认为吗？"

我不确定要怎么回答，干脆等她说下去。

"所以，薇，你为什么加入'试胆任务'？有些人可能会说，这不像是你的作风。"

她那副自以为是的神情让我浑身一僵。怎么会有人宣称他们知道我通常会做或不会做些什么？不论如何，在马修和西妮那些戏剧性的事情之后，我加入这个任务的原因已经昭然若揭。她还想要我承认什么？我受不了自己一直是个隐形人？

我往前倾，低语道："有时候，做一点儿不像自己的事情是很有乐趣的。"

她拍拍手："好极了，薇，我们以你为荣，你从哪里找到这个勇气？"

勇气还是白痴？"嗯，我不知道，我只是一次专注在一场挑战上。"

"这么谦逊，难怪会受观众的欢迎，你有什么话想对他们说吗？"

我把裙子贴着大腿抚平。这是我第一次直接和所有观众对话，对数千人你要说什么呢？西妮一定知道："谢谢大家，特别是和我们一起进行妓女挑战的人，你们救了我们一命。"

"真的，我打赌你迫不及待想要展开下一场挑战。"

一点儿也不，我只是很想赢得奖品："我想我已经紧张到快不行了。"

她再度哈哈大笑："所以任务才会取名为'试胆任务'啊，不是吗？但这真的好有趣。你今晚得到了很多从来没有过的体验，我确定新的挑战只是让你再多体验一点儿，不过，在你进入游戏室以前，我想先和你讲几个重点。"

我点头。

她竖起一根食指："首先，你要和其他六位玩家共组一个团队，一起进行挑战。如果你们之中有人没有完成头奖挑战，那么所有人都会失去奖品。不过别担心，会有几个可做可不做的趣味挑战，让大家彼此熟悉一下。"

"没问题。"

"另一个要记住的重点是，如果你做出任何违反挑战诚信的事，'试胆任务'会给你一个惩罚，让你之后的挑战变得加倍困难。"

"违反挑战的诚信？这是什么意思？"

她不屑一顾地摆摆手："基本上，就是在进行挑战时作弊。不用担心，到时你就知道。"

嘿，我可是能被托付一瓶伏特加喷雾瓶的女孩，诚信听起来不会是个问题："好。"

她的眼睛一亮："太好了！祝你好运，薇。噢，我们的产品赞助商会很高兴你随意使用那些化妆品，晚一点儿你可能会想再补补妆。"

屏幕"哔"一声关掉了，又变回一面镜子。我的脸红通通的，双眼闪着光彩。他们还在拍我吗？蠢问题。观众一定觉得我在头晕目眩。为什么还会需要补妆？待会儿他们又要我在头上倒水吗？唔，不论倒不倒水，这些化妆品都是高级货色，可惜我的包包扔在伊恩的置物柜内。我把袋装的化妆用品放进一只小化妆包里。

"产品赞助人，谢谢你们。"我对着镜子说。

走出去到门厅时，头发显然也梳理过的伊恩正在等我。他指着长廊上的房间："我们应该要往那里走。"

虽然搜刮到一袋很棒的化妆品，访问过程却有个什么让我惶惶不安。主持人虚假的友善没能令我镇静下来，情况刚好相反。但这或许正是它的本意。

我耸耸肩："我猜是吧。"

伊恩拥我入怀："你改变主意了？"

对他拥着我这一点可没有，我叹口气："现在要退出有点儿晚了。"

"出口就在那里。"

"你会失去那辆车，我会失去时尚学校和所有那些超赞的奖品。"

"唔，但我们仍然赢得了重要的东西。"他用温柔的眼神瞅着我说。

照理来说，这话听起来会很俗气，但出自他的口就不会。或者，我只是太迷恋他了。

他在我的头顶印下一吻，我依偎在他的肩颈之间。即使是跑过又打过，他闻起来依然像是檀香皂。我深吸一口气。这场挑战只有三小时，而且我还有这么棒的伙伴。

"我们上吧。"我说。

我们手挽着手经过柜台，刚步入长廊，前方右手边有光的房间就进出一阵笑声。我想象那里正在进行掷钱币或是旋转瓶子的游戏。才怪，那也太容易了。"试胆任务"大概会把蒂芬妮和安柏罗西亚那些妓女找来，把我狠狠揍上一顿，而且是在泥巴坑里，还拿着刀。

前方的门里传来说话声，但还不够大声到听得清楚内容。长廊的左边通往一个排满扶手椅的房间，感觉像是行为不检的夜店玩家会被送来冷静一下的地方。长廊右边的墙上挂了丝织品之类的壁毯。我驻足片刻，赞赏着宝石般色彩的蝴蝶和花卉刺绣。这是足以做成帝后服饰的布料，比起汤米替话剧设计的草原景色窗帘布，要细腻上百倍。

伊恩轻推着我走向长廊中间那扇敞开的门。我发现远端另有一扇门，只是门扉紧闭。走到似乎所有活动都将在那里进行的房间、那扇没有关上的门前，伊恩停下脚步，低语道："不管里面的人是谁，不要让他们知道我们，呃，这么亲密，或许会比较好。免得我们成为攻击的目标。"

目标？我们全都是一个团队的人，不是吗？但"试胆任务"永远令人猜不透，所以我同意伊恩的建议，只不过，他才和我拉开一点儿距离，我便想念起他的温暖。我们走进门内，进入一个大约六米长宽的房间，里面的聊天声戛然而止。所以，这就是游戏室？左半边除了苹果糖红的地毯之外空无一物，右半边则有一张长玻璃咖啡桌，两边各有两张双人座椅。玻璃桌用银色的钢索悬挂着，没有底座。三个女孩和两个男孩围着桌子坐，大家都是十几岁的青少年。

"你们好啊。"伊恩说道，走向桌子远端没有人坐的双人座。

我给他们一个小小的微笑，在伊恩旁边的位置上坐下，把化妆包塞在身旁。坐垫极富弹性，像是装了床垫用的弹簧。我试着让它静止，但坐在上面的感觉就像在乘船。每弹一下，坐垫就叹口气，又把我往上推。其他坐着的青少年也在上上下下晃动着。为什么有人会付额外的费用，到这么诡异的房间里打发时间？还是"试胆任务"为了今晚特别装潢过？

"所以你们决定要加入我们了。"在我对面的红发男孩说道。他有过度发达的二头肌和服用类固醇的人那种宽厚下垂的脸颊，一条粗壮的手臂环抱着一个身材曲线很夸张、晒得很黑的女孩，她戴着上百只发出咣啷声响的手镯，正用一只光脚上下揉搓着红发男孩的皮肤。玻璃咖啡桌下没有任何秘密可言。

他们旁边的双人座上坐着两个女孩，一个是白人，一个是亚洲人，身上各有至少五个穿孔。我认出白人就是在初级挑战视频中偷指甲油的女孩。她和亚洲女孩紧贴着身子坐，暗示她们也"在一起"。只是她们穿着安全靴，所以没有用脚调情。我们这一边另有一个深色皮肤、蓄着平头、戴着小框眼镜的男生，他交抱双臂坐在双人座的中央，不知怎的竟能稳住身子，保持椅子不动。他的可爱是汤米那一型的，像个清瘦的怪杰，但没有女孩或男孩和他同坐。

伊恩往前倾，抓住椅垫平衡身子："所以，你们认为他们会把窥视人送过来和我们在一起吗？"

戴眼镜的男生眨了眨眼："窥视人在那里。"他指着挂在天花板上一角的镜头。

我检查周遭的环境。室内共有四个镜头，老鹰似的盘踞在各个角落。镜头与镜头之间，从天花板往下的九十厘米墙面，都被黑色的屏幕占满，下方则贴有灰红交杂的地理图案壁纸，纹路相当复杂。唯一略有不同的是门边的墙壁，虽然覆盖着同款壁纸，但较有光泽，像是漆上了油漆而非贴着壁纸。不管怎样，看起来都很贵，而且很丑。

伊恩对戴着眼镜的男生伸出手："我是伊恩。"

对方和伊恩握手："我是萨姆尔。"

其他人并没有跟着自我介绍。或许体验社交上的尴尬便是这次挑战的内容。我扭搅着双手。

身上挂了许多安全别针和螺栓、穿着一双厚重靴子的白人女孩大笑出声，手指在她的脸庞蠕动着："你在害怕吗？威玛［注：Velma，美国卡通 *Scooby-Doo*（《史酷比救救我》）中戴眼镜的聪明女生］？"

我瞪了她一眼。不过在接下来的三个小时中，最糟的若只是忍受史酷比（注：*Scooby-Doo* 中的大狗，胆小贪吃，常和威玛一起破解迷案）的侮辱，我还应付得来。

伊恩对着红发男孩和他那个挂满手镯的女友点个头："你们今晚最好的挑战是什么？"

女孩咯咯笑着："绝对是色情书店那一个，我们必须挑出商品，告诉大家我们对它的想法。"她对着红发男孩挑动着两道眉毛。

伊恩和她一起笑了几声，我也牵了牵嘴角。换作是昨天，那样的挑战感觉还像是不可能的任务，现在我却觉得很简单。

顶着粉红色莫霍克头的亚洲女孩蹙起眉头："该死，要是我们得到的挑战是那个就好了。"

她的朋友搓搓她的肩膀："我们明天就脱身了，小可爱。"

我尽量保持屁股不动，想要安坐在椅子上，但即便是最小的一点儿动作，都会引起一串涟漪。如果这是贵宾室，楼下舞池的痞子们又是在哪种狗窝里？

伊恩环顾桌子："你们有人是在实况转播挑战前就认识的吗？"

戴手镯的女孩对她的男友嫣然一笑："我们不是。今晚太令人兴奋了，'试胆任务'比营造火热互动的配对网站还要厉害。"

她对这方面做过多少研究？我必须承认"试胆任务"确实把我和伊恩配得很好。他们只有申请表上的资料，以及从"这就是我"的网页上撷取到的信息。还是他们也联络了丽芙和依露伊？等任务结束，我要质问我的朋友，查明是谁泄我的底。

伊恩转向萨姆尔："你呢？他们有分派伙伴给你？"

他耸耸肩："有啊，可是她对莱姆果冻过敏。"

大伙儿还来不及挖掘更多细节，萨姆尔的手机便响起一般的电话铃声，这也太不公平了吧。他看过短信后，起身去关门。当门"咔嗒"一声关上时，我的腹部也跟着紧绷。

"你干吗去关门？"手镯女孩问道。

萨姆尔微微一笑："因为'试胆任务'给了我五十美元的奖金。"

手镯女孩的红发男友一只手拍在桌子上，玻璃桌面从他的面前晃到我们这边来。伊恩出手稳住，以免桌子撞上我们的膝盖。这些家具就没有一个可以乖乖待着不动吗？

红发男孩面对其中一个镜头，伸出双臂："嘿，你们各位，我只要三十美元就会去关门。"

我半期待着镜头会点点头，结果却是头顶上的灯光变弱了。我们狐疑地面面相觑，一个接着一个抽出手机，等着看谁会赢得下一笔五十美元，不过我的屏幕仍是一片空白。

哔哔的声音忽然响彻室内，我们纷纷坐直身子，导致椅子又开始上上下下晃个不停。墙上黑色的屏幕闪着跑来跑去的光线，像是弹珠台般一闪一闪。

光线消失后，刚刚访问过我的人，就是那个名叫盖尔的女人又出现了。另外还有一个三十多岁的男人，他理了个大光头，身穿独立乐团的 T 恤，挂着会留下永久伤害的甜甜圈式耳环。

仪式的主持人异口同声地喊道："欢迎参加头奖挑战！"

屏幕轮流播放他们的影像和"欢迎"这两个字，同时还有烟火图像，以及我在上个月的任务中听过、充满跳音的主题曲。终于，画面停在主持人身上，他们站在一座小小的舞台上，周围的人都露出我在窥视人脸上看过的半狂喜神态。男主持人介绍盖尔和他自己——盖伊。

他对着室内的玩家摇晃着一根手指："重申一次规则：你们大家现在是一个团队，如果有人退出，所有人都会空手而返。"

挂着安全别针的女孩竖起拳头，怒视着全桌的人，眼神最后定在我身上："谁要是敢临阵脱逃，我可不会放过他。"

我突然很想去上厕所。

镜头转到盖尔："先从几个趣味挑战开始，大家就放松一下，享受点儿乐趣吧。"

我想问其他人的头奖是什么，但我猜想这和问别人的体重或是胸罩尺寸差不多，所以转而对伊恩低语："我很好奇现在的观众有多少人。"

头顶上的屏幕中，盖伊假笑了几声："好问题，薇，你有一大堆新的粉丝。想猜猜看有多少吗？噢，我们就把这当成一个游戏好吧？猜到最接近数字的人将赢得一百美元。"

我们分别抛出两万（我的猜测）到五十万（红发男生的猜测）等估计数字。盖伊和盖尔相视一笑，然后盖伊宣布名叫泰的人，也就是那个红发男生，拔得头筹。我们的主持人没有揭露确切的数字，不过因为第二高的猜测是十万人，观众人数显然十分可观。

照理来说，我应该会有种自己大受欢迎的感觉，但我只觉得好奇，那些观众究竟付了多少钱来看七个坐在贵宾室内、座椅不停晃动的青少年。到底，他们期望看到些什么呢？

第十二章

每喝一瓶，再加五十美元！

————

盖尔假装兴奋地两手一拍："好啦，下一场趣味挑战将由观众提出。"

她的影像消失，在咚咚咚的主题音乐下，画面变成一行闪烁的字："看看有谁在看！"一群青少年出现在屏幕上，在看似宿舍房间的小空间里挤成一团，其中一个双眸澄澈如玻璃珠的长发女孩洪亮地念出手机上的内容："为了让大家有个友善的开始，该来简短自我介绍一下了。在室内到处走动，告诉别人你的名字，还有你是从哪个城市来的。每自我介绍一次，便可得到五十美元的奖金。"她挥舞着拳头。"加油，金刚狼——"画面中断了。

告诉其他玩家我的名字就有五十美元？太容易了，背后大概有什么诡计。我猜不透。自我介绍甚至对我们有利。我也不认为这些人打算攻击我们，但我好像在哪里读过，一旦你把对方视为与自己没什么不同的一般人，态度上就苛刻不起来。

谁知道呢，或许我甚至能和某些人交上朋友。当然，不会亲密到一起进行那些变态挑战，倒是可能在事后联袂出席"试胆任务"

的玩家聚会派对，就像上个月的玩家在视频尾声中对这个经验一同哈哈笑个几声那样。

我们绕着桌子走动。顶着粉红色莫霍克头的亚洲女孩名叫珍，她那个威胁我不可临阵脱逃的朋友名叫米奇，两人一起搭乘"试胆任务"的专机从雷诺飞到西雅图，开玩笑说她们从此也是"高空俱乐部"（注：在飞机上偷偷发生性关系）的一员。对古铜色化妆品上瘾的手镯女孩名叫丹妮埃拉，她和伙伴泰也是在上一场挑战结束后，立即从博伊西飞来。我们已经问过名字的萨姆尔则住在波特兰。

当我在自我介绍时，米奇翻了翻白眼："薇（V）是什么鬼名字啊？你爸妈想不出超过一个字母的名字吗？"她和珍、泰，还有丹妮埃拉哄然大笑。

我扬起一道眉毛："而你爸妈帮你取了个老鼠名字？"这对建立友谊真是太有帮助了。

她脑中生锈的仓鼠转轮显然正努力运转，试图反唇相讥，但还没来得及想到，面板已经亮了起来，主持人眉开眼笑的脸出现在屏幕上。盖尔叫泰打开他身后远端墙上的一扇门和里面的红色柜子，而且只能开红色柜子。

泰坐着没动："你们要给我多少酬劳？"

盖伊微笑道："你和你的朋友在红柜子里找到的任何东西都能据为己有，先抢先赢。"

泰跳了起来，检查离桌椅最远那面贴了壁纸的墙，但看不出来哪里有门。他对着镜头耸起双肩："你们在耍我吗？"

比较像是智力测验吧。墙上，一个螺旋像电梯按钮一样亮了起来。泰伸手去推，隐藏的滑门便往旁移动。我转过头去仔细看着身后的墙壁，这里有多少隐藏的门？从螺旋的数量来看，应该有好几扇。

丹妮埃拉站起来，紧跟在泰的身后，先对镜头眨了个眼，然后捏了一下泰的屁股。萨姆尔转向我们，翻着白眼，我不禁对他怀抱希望。如果大家动手互殴，我想他会置身事外。等一下，为什么我会想到那种情况？

门开了，露出一个由上到下都是抽屉柜的空间，每个抽屉各有不同的颜色。泰动手去拉最上面的红色抽屉把手，抽屉啪地打开，很像是在开冰箱。我坐直身子，想瞄一眼里面的东西，发现全是啤酒时不禁暗自叫苦。如果他们要我们喝得醉醺醺，情况一定不妙。

当然，泰和丹妮埃拉宛如找到埋藏的宝藏，高呼一声，举起啤酒。米奇和珍也跳过去加入他们。泰开了几瓶，传递给大家，玩家们喊道："干杯！"然后拿着酒瓶互击。

一条文字信息在面板上横跑过去：每喝一瓶，再加五十美元！

我瞥向伊恩，耳语道："你怎么想？"

"我们要合群，"他说，"但不能失控。"

我点头："一人最多喝一瓶。"

我们朝柜子快步走去，经过萨姆尔时，伊恩问要不要帮他也拿一瓶。萨姆尔决定加入我们，大概不想成为唯一不合群的家伙。到了柜子前面，伊恩开了一瓶啤酒递给我，我检查瓶子有没有被动过手脚的痕迹。

"打开盖子时，我有听到小小的一声'哒'。"他说。

我嗅了嗅，的确是啤酒的味道没错。我渴得要命，但喝下去我可就违法了（注：美国法律规定满二十一岁才能饮酒）。在真实生活中，喝不喝啤酒对我来说无关紧要，可是谁想被拍到自己在犯法？我把我的顾虑低声说给伊恩听。

他一笑置之："谁能证明这不是苹果汁？我们说这是什么就是什么。"

当然，我喝了一小口。冰冰的、苦苦的，绝对不是苹果汁。标签上的文字是德文，但还看得出酒精含量高达百分之六。我就知道他们会给我们烈一点儿的东西。对于任务是否超越了合法的范围，他们把关得可真是严密啊。如果"试胆任务"连未成年人饮酒的问题都不在乎，还会要求我们做些别的什么呢？

泰和其他女孩挤在一个角落里，像在参加派对似的牛饮，甚至说起一些喝酒喝到吐的故事。我确定观众可以把他们说的话一字不漏地听入耳里。

伊恩轻推着我走向他们。尽管觉得那几个人很讨厌，但我明白伊恩的策略。玩家不需要分派系，特别是我们有可能被排除在外的时候。萨姆尔似乎也明白这一点，他站在团体的边缘，看着自己的脚。

我仔细观察其他玩家，发现"试胆任务"尽可能依据不同的种族、性向、体型和天知道是什么的其他分类法挑选玩家。汤米一定会说，这全是设计来吸引广大的目标族群。

假使我们就读同一所学校，彼此间会有交集吗？当然，伊恩和我不算在内。在我的学校，社会族群没有那么壁垒分明，大多数人仍知道自己属于哪个团体。除了西妮、丽芙和依露伊，我大多会和那些把 *Vogue* 时尚杂志挂在嘴边的女孩聊天，她们对我精打细算的平价复古装扮都抱有一份敬意。我和我的朋友相处自在，只是一直很羡慕西妮在人群中总是无往不利，如同持有一张自由通行证。内心深处，我怀疑自己若非西妮的好友，大家对我还会不会那么友善。在上一场挑战的悲惨结局之后，我或许也不得不发现真相了。

米奇打了一个嗝，对着镜头举瓶："德国啤酒，很来劲啊。"

萨姆尔清了清喉咙："我们大概不该喝得太多，要有一些协调能力才能应付接下来的挑战。不过我也只是说说，别放在心上。"

米奇大笑："谢啦，书呆子，这个任务的名字叫作'试胆任务'，不是'胆小懦夫'。"话虽如此，她喝得倒是小口了些。

伊恩举瓶："向头奖和一大堆奖金举杯！"

众人欢呼，互碰瓶子，仿佛我们是一个快乐的大家庭。虽然有讨人厌的米奇在，但情况或许没有那么糟。我的每一口啤酒感觉都比上一口更顺，一股快感开始充斥脑袋。我检查手机，然后也给伊恩看一眼。还剩下两小时又三十八分钟。我忽然精神病发作似的想唱那首百瓶啤酒歌，但又怕让这些人产生什么怪念头。

伊恩牵起我的手，让我心房逐渐升高的暖意更加温热："我们办得到的。"

他耳语道。

我捏捏他的手指，不用再假装我们只是单纯的任务伙伴。

伊恩试着让萨姆尔打开话匣子，聊聊电玩游戏。我没有什么好插嘴的，所以只在脸上挂着一个没有威胁性的醺醉微笑。不过就算我长出獠牙，大概也不会是多么大的威胁。

电子音乐声响起，其他的情侣开始跟着音乐舞动，摇晃手里的酒瓶。他们每个人都喝了第二瓶——我在算着。

音乐变成了哔哔声，代表黑色的面板即将发生变化。"看看有谁在看！"在从其他屏幕撷取而来的画面中，两位迷人的帅哥舒适地并肩坐在红色的天鹅绒沙发上，其中一人挥挥手说："嘿，玩家们，这里是休斯敦！如果你们全部的人都跳舞的话，'试胆任务'将额外给你们一人一百美元。"他和另一个男生双双起身，跳上跳下，又和身后的一群人拳头碰拳头。

跳舞对我来说没什么大不了。事实上，我热爱跳舞。但拿钱跳舞却让我的肩膀变得僵硬。"试胆任务"把我们当成一群受过训练的猴子，好像每次只要挂出一根香蕉，我们就会跳起来的样子。好吧，任务的重点大概就在此，但这还是很侮辱人。

游戏室、休斯敦以及其他许多窥视人的所在之处，显然都在播放着同样的乐曲，墙上的面板分别展现不同的人在跳舞的画面，大家像是全在一间大俱乐部里。伊恩在我旁边摆动身体，摇晃肩膀和屁股，尽力让僵硬的肢体舞得流畅，就连萨姆尔的双臂都前后摆动着。现在每个人的眼睛都定在我身上。米奇的双眉挤在一起，对珍说了些什么。伊恩露出微笑，牵起我没拿啤酒的手，带我转圈圈，我迟疑了一下。我想拒绝这种得来全不费功夫的钱吗？我想做一个这样的人吗？怎样又算是跳舞了？尤其是在跳点儿舞就能活络社交氛围的时候？我开始与伊恩同步动作，惊讶地发现有股能量自我的脊椎里苏醒。

我放任自己沉浸在音乐之中。当窥视人从屏幕里直接对着我挥手，我甚至大笑起来。音乐越放越大声，我也舞动得越来越自由，不大在乎自己正在镜头前面。啤酒被下药了吗？

我把喝光的酒瓶放在墙边，继续跳舞。每个人都扭动着身子，碰撞到彼此时更是笑声连连，就连米奇都甩开了阴沉的脸色。跳了差不多三首曲子之后，音乐缓了下来，我瘫软地贴在伊恩的胸膛上。

灯光减弱成烛光的亮度，屏幕影像消退成一团朦胧，室内弥漫着一股性感的气氛。真不错。如果挑战一直都像这样，我是游刃有余。我一面想，一面紧挨伊恩。

当然，"试胆任务"不可能让我们永远这么舒适。音乐"咔嗒"一声关掉了，熟悉的哔哔声再度响起，大伙儿跟着恢复警醒。我停止舞动，这才意识到自己的体温变得有多高。我撩起脖子后面的头发，伊恩对着我汗湿的皮肤吹气，吹得我起鸡皮疙瘩。

盖伊和盖尔又出现在上方。盖尔咧嘴一笑："唔，有些观众说，萨姆尔的动作和他们所谓的跳舞不完全相同。不过这反正不是非做不可的挑战，所以我们不会对他进行任何惩罚。"

她呵呵笑了几声又说："该来进行最后一场趣味挑战了！桌子后面的墙上有四扇门，每一扇各通往一间私人休息室。随便你们选择和几位玩家一起进去，玩一个名叫'天堂七分钟'的游戏（注：*Seven Minutes in Heaven*，青少年的派对游戏，雀屏中选者要进入小房间里依规定待一段时间，做什么都可以，包括亲吻、爱抚或甚至性行为。挑选人的方式各有不同，时间也可另订长短）。我想应该不用解释这个游戏的规则吧。"她眨眨眼，"让观众看得最开心的那一组将赢得五百美元，第二名赢得一百美元，其他玩家则会得到一点儿身在天堂的美好时光。享受吧！"

伊恩轻推着我："去吗？"

他在开玩笑，对吧？虽然和他调情会很有乐趣，不过稍早前演的那场戏，已经是我今晚最近似妓女的一次。窥视人看过我们跳舞了，不是吗？

我轻轻甩了一下头发："我们留待以后再做吧。"

他执起我的一只手，印下一吻："酷。"

音乐又变回电子乐，旋律非常浪漫。泰和丹妮埃拉还没进入房间里就开始了。我真的不想看到他的两只手放在哪里。

尽管如此，我对私人休息室的模样倒是很好奇。我走到游戏室的另一边，轻拍其中一个螺旋。一扇门晃荡开来，显露出一个小房间，里面只有一张小床和一个小床头柜。唔，可能还有放进床头柜唯一一个抽屉里的某些东西。天花板上有一面镜子，旁边有微弱的灯光照射下来。我往旁边移动，让伊恩也能瞧上一眼。他笑着说我们至少可以在里面打个盹。哈，躺在他旁边我会睡得着才怪！

米奇和珍互咬着，一边踉跄地走向隔壁的小房间，一边发出呻吟。进去以前，珍对萨姆尔喊道："要加入我们吗？"

尽管米奇越过珍的肩膀对他投以威胁的怒视，但他对这个提议似乎还认真考虑了一下。终于，他的理智战胜欲望，摇了摇头。女孩们耸耸肩，关上门。

伊恩、萨姆尔和我回去坐在蹦蹦跳跳的双人座上。

萨姆尔抽出手机，在上面戳来戳去，似乎在玩游戏。伊恩说的话一定让他意识到，玩手机在"派对"上是可被接受的社交举动。唔，至少比几米外正在进行的事情好多了。当其他的玩家在演出即时情色影片时，我把头靠在伊恩的肩上，闭着眼睛假寐。

面板发出哔哔声，吓了我们一跳。每个玩家的大头照并列在屏幕上，底下打着"观众支持率"几个大字。噢，哎呀，我的支持率最低，只有百分之二十二；萨姆尔是百分之二十四；伊恩的粉丝肯定全体动员，他的支持率有百分之六十七；米奇和泰遥遥领先，高达百分之九十几；珍和丹妮埃拉居中。那些变态观众在想什么应不至于让我心烦意乱，偏偏双颊在一股遭到排斥的感觉下发热。

伊恩叫我不要理会，对他来说当然容易啦。过了几分钟，我们身后的门啪地打开，我快速地往内瞄了一眼，马上转回来面向咖啡桌，试着忘掉脑海中泰赤裸裸的肚子。其他人纷纷回到位子，调整上衣，用手背擦擦嘴。他们笑嘻嘻地指着自己的支持率。屏幕再度变得空白。

盖伊宣布："观众投下的票数很相近，不过把这七分钟运用得最好的是珍和米奇。做得好，两位小姐！"

我敢说那是米奇第一次也是最后一次被人称为小姐。

屏幕上，盖尔的头在盖伊的旁边上下晃动："好吧，各位，趣味挑战结束了。现在我们要进行到最棒的部分，也就是头奖挑战，所有的人都要完成挑战才能赢得奖品。"

她扬起一道眉毛："准备好要接受第一个了吗？"

几个玩家还真的应了一句："好了。"好像盖尔或"试胆任务"会在意一样。

盖尔和盖伊的身子往前倾，异口同声说道："你们只要打一通电话就好。"

第十三章

头奖的第一个任务居然是恶作剧电话？

———————

一通电话？这么大的奖品，第一个任务居然是恶作剧电话？令人难以置信。

盖伊耸耸肩："很简单。我们给指令，你们打电话。每通电话只能说上几分钟。谁想第一个来？"

有一会儿没有人自愿，但接着丹妮埃拉举起手来："有什么关系？我喜欢讲电话。"

盖尔露出大大的笑容："太棒了！丹妮埃拉，尝试冒险让你又赢得了五十美元！你要打电话给你的前男友马可，告诉他，他对你和他兄弟胡搞的指控都是确有其事。"

丹妮埃拉的古铜肤色顿失几分光泽："你们怎么——等一下，可是，就算我劈腿，我和马可也已经分手了。"

盖尔的表情变得很严厉："打电话，不然大家都会失去头奖。"

泰在丹妮埃拉的肩头捏了捏，不过看起来并不像个浪漫的举动。

她的眼睛环顾室内。在找什么呢？一条退路？当她意识到"试胆任务"不会给她一个惊喜、改变挑战的内容，也不会啪地打开一扇小房间的门，让她躲在已经弄脏的床单下时，她抽出手机。我们其他在疯狂家具上弹跳晃荡的人暂时成了观众，至少是这几分钟。纵使我替丹妮埃拉感到难过，有部分的我却好奇这通电话会怎么进行。天啊，我是哪里不对劲？

丹妮埃拉转身背离我们其他人，但"试胆任务"不知怎的把她的手机连上音响，大概是透过他们要我们下载的那个卑鄙应用程序，总之马可那一头的铃声清楚地从室内喇叭播放出来，丹妮埃拉的脸部特写也出现在屏幕上。电话响了两声，一个男生接起电话。

"呃，嘿，我是丹妮。"

电话线的另一头传来音乐声："有什么事吗？"

他可能没看这个任务吗？丹妮埃拉和泰今晚一定是博伊西的名人，他会不看吗？"试胆任务"想出这个挑战以前，是不是知道他会不会看？

丹妮埃拉用娃娃音说话："我只是要跟你说，我们交往的时候，我也和奈特在一起。你说的都是对的。"

电话似乎变成了静音，然后轰天雷般爆出一句："我就知道，你这个卑鄙小人！"

丹妮埃拉尽可能把手机拿离身体，但却无法让电话另一头的侮辱和咒骂消音。她哭着对镜头喊道："好吧，我说了。"她挂断电话，往上瞥了泰一眼。泰沉着一张脸，宛如惨遭劈腿的人是他。

盖尔加了柔焦的影像出现在上方，语气温和地说："看吧，不是那么难，对吧？"接着，她一一指名其他的玩家打电话给前情人或朋友，传达会让电话两头的人都很不自在的信息。伊恩必须联络前女友，告诉她和她分手是他做过最愚蠢的事，还有他们若是能复合，他会感到十分欣慰。那个女孩的声音对他的话语充满了期待，听得我胃都纠结成一团。

挂断电话后，伊恩抹去前额的汗水："希望有人先把真相告诉她，不要等我去跟她说。这真是个让人想骂脏话的挑战。"

"试胆任务"怎么找到没看任务的人，并要我们打电话过去呢？他们送那些人免费的音乐会门票还是什么的，好让这些人没空看吗？我开始相信他们真的很神通广大。

轮到我了，好快。我必须打电话给汤米，说我知道他迷恋我，然后点明三个我们永远不会成为一对的理由。我的呼吸平静下来。汤米才没有迷恋我，他也知道我在进行任务。事实上，我猜他还在看，所以不论我说什么，他都会明白这只是场演出。呼。"试胆任务"的能力到底还是有限。或许因为我太晚才进行初级挑战，他们没时间把邪恶的计划安排得天衣无缝。不论原因为何，我都接受。

电话一响，汤米立刻接起。

我说："嘿，我对早先发生的事情感到很抱歉。"

头顶上的面板发出响亮的哔哔声：不要更改脚本。

什么？我不能先道个歉再说吗？这就是他们所谓的诚信？

我听不到汤米的回应，但还是说了下去："无论如何，我知道你多少有点儿喜欢我。可是啊，我们不可能交往。因为，呃，嗯，因为我们两个太像了。你知道，总是在幕后和其他的事情上一起工作。再加上，你，呃，很紧绷。"他确实如此，不是吗？花那么多时间一次又一次重做布景。"还有，我反正永远也无法达到你的标准。"啊，那是打哪里冒出来的？我应该能说得更好才对。但就是这样了。三个理由。

他只沉默了一下子："哇，我早知道你很自私，这通电话证明了我的想法。"

等一下，为什么他要这么说？他明知道这是挑战。噢，我懂了，他只是顺着我的话说。

他说："你永远没法和我这种人交往的真正理由，是因为你太讨厌自己，所以无法和一个出于正确理由而喜欢你的人在一起。你宁可追求一个看轻你、让你在朋友面前看起来很绝望的男生。我原以为你与众不同，比大家都要聪明，但现在我看清楚了，你之前只是还没有机会发展出你那个真正悲惨的自我。"

他比我还快地挂断电话。

我的肚子仿佛挨了一拳。再一次，我在全世界的面前受到羞辱。他是这样帮我的吗？我好想把身子缩成一团。

伊恩握住我的手："他在嫉妒，又受了伤害，你还能期待什么呢？"

我不知道自己期待什么，我只知道"试胆任务"从我们每个人身上得到他们想要的，混账。这是第一场头奖挑战，还有两小时的任务时间，大伙却已形同满室疲惫不堪的士兵。

盖伊出现在屏幕上。他换上西装，打了领带，神情肃穆："好吧，现在既已联络过朋友，该是打电话给家人的时候了。"

一切都有点儿失真。我那连电视遥控器都不太会按的爸妈不可能会看"试胆任务"。我的心思飞快地闪过几个任务怎么折磨他们的可能。

盖伊清了清喉咙："下一通电话大家的脚本都一样，只不过你们的通话对象变成是另一位玩家最亲近的家人。信息很简单，说你的玩家同伴遭遇了严重的事故，然后挂断，就这样。"

噢，天啊！噢，天啊！噢，天啊！想到爸妈听到噩耗的表情，我立刻热泪盈眶。

"我不能对他们做这种事。"我耳语道。

伊恩把我拥入怀中。"对，这真是烂透了。相信我，我爸不是那种你会想告诉他坏消息的人。但你想想看，带着时尚学校的全额奖学金回家时，你爸妈会有多么高兴。还有，你有很多朋友都在看，他们之中总会有人打电话跟你爸妈说。我知道我的朋友就会。"他转向最靠近的屏幕，"对吧？"

他说的时候虽然面带微笑，眼里却有一股张力，像是在恐惧着什么。不过他说得有理，即使小西在生我的气，也不会让我爸妈相信我真的受了伤，一分钟也不会。她一看到这里就会打电话过去，丽芙和依露伊也是。这代表老爸老妈只要受苦个几秒钟，就能换到所有的学费。此外，我的朋友打电话到家里，也能顺便解释我为何过了门禁还没到家。这有可能是个双赢的挑战，就算最后我仍会被爸妈禁足，反正那也早已成了定局。

我深吸一口气："好吧。"

由于我是前一场挑战中最后一个打电话的人，这次换成我第一个打。他们指派我打电话给珍的爸爸，他的电话号码显示在面板上。珍虽然有种女汉子的性格，仍不免用忧虑的眼神看着我。

　　我朝她点个头，但愿能出言向她保证，我会尽可能温和地对她爸爸说话。话虽如此，不管跟谁传达这样的噩耗，不管用什么方式说，都很残忍。只能寄希望于她外头的朋友帮她一把了。

　　我按号码的声音透过喇叭播放出来，有如哀乐的奏鸣。珍的爸爸才刚接起电话，我就告诉他这个坏消息，然后在他的"什么？"都还没说完时，立刻挂上电话。或许电话挂得这么突然，能给他一点儿暗示，告诉他这只是场恶作剧，一场精神错乱、心理变态的恶作剧。拜托，珍的朋友们，快点儿让她的爸爸从悲惨中解脱。

　　其他的电话也以同样的方式进行。当泰打电话到我家时，我的指甲已把掌心掐出一道道的痕迹。

　　接电话的人是老妈。泰的腔调带有一种紧张，像是在哭："我很遗憾要通知您，薇发生了一场十分严重的事故。"他露出假笑，没有立刻挂断电话，反而让老妈痛苦的哀号从手机传出，直射入我的胸口。

　　我整个脑子都是她的痛苦，忍不住喊道："妈，我没事！"

　　话声刚落，泰即挂断电话。老妈听到我说的话了吗？我闭上眼睛默祷。噢，小西，不论你此刻有多么恨我，拜托你用一直以来照顾我的方式照顾我妈。

　　墙上的面板发出哔哔声，一下子把我的心思拉回到任务之中。屏幕上闪现不同窥视人群发出嘘声的影像，然后盖尔的身影占满整个儿屏幕。她失望地叹口气说："噢，薇，你以为善有善报这件事没发生，所以恶有恶报也不会发生在你身上。"

　　什么？然后我想起自己早先在"这就是我"的网页上张贴的

文字。

盖尔摇着头，大大的深红色字母缓缓从底下跑过：薇违反了挑战的诚信，我们会在指定的时机予以惩罚。

他们所谓的诚信就是这个意思？我等他们暗示我的惩罚会是什么，但面板只是转为一片空白。他们当然要我备受煎熬啦。或许会叫我去我们在走廊上经过的那些椅子上坐着冷静一下，又或许我和伊恩会被推进一间房里亲热，不过我知道自己不会这么幸运。

我咬牙切齿。这真的是盖尔说的因果报应吗？我真的活该忍受这些事？我想到贞爱立约承诺人那个苹果脸的女孩和她温柔的男友。伊恩和我毁了他们的约会。还有，谁知道那个想拯救妓女的男人，有没有在我指引他接近的皮条客手下逃过一劫。哎呀，他现在可能就在医院里。幸好我对西妮做的事没有造成生理上的伤害，可是我阻止不了伊恩欺负杰克。然后，我又加入这个扭曲的头奖挑战，深深伤害了爸妈。整体来说，我今晚根本就是负分多过加分。

因果报应大概会想踹我的屁股。

第十四章

**当伙伴都去接受虐待或和老鼠同处一室时，
我和其他女孩……**

米奇喊着："有人要被打屁屁喽。"

我重重地坐在愚蠢的双人座上，任由它把我的身体甩来甩去："闭上你的臭嘴。"我确定这是我第一次这么骂人。瞧，这个任务增大了我的词汇量。

米奇勃然大怒。"你对我说什么？贱人，你先是想毁了一切，然后又骂我？"她绕着桌子走过来，"是任务要你这么做的吗？想害我们搞砸我们的挑战？就跟那些窥视人在亚特兰大做的事情一样？如果你是他妈的内线——"

哇，什么？她真以为我替"试胆任务"工作？我衡量着我和门之间的距离，她一步步逼近。很好，接下来的娱乐戏码就是看我挨揍。

伊恩站到我们之间，说："冷静。"

米奇对他挺起自己状似树干的胸部："不要叫我冷静，漂亮男孩。"

伊恩比她高出一颗头，而且毫不退让："你真要这样吗？"

珍从桌子的对面唤道："回来这里，宝贝，我们不想吓走任何玩家，你会失去那辆哈雷机车。"

米奇用力朝我一指："最好不要被我发现你想坏了我们的好事，不然我会海扁你那个小屁股一顿。"这个女孩是怎么回事？还有，为什么每个人今晚都要拿我有个瘦小屁股的事情开刀？不过至少她回到桌边去了。

即使闭嘴才是明智之举，我还是忍不住说："你真的以为我会与任务背后那些烂人合作？我们怎么知道你不是安插在这里、让情况变得既愚蠢又暴力的暗桩？"

"你想看到暴力吗？"

珍拉扯女友的上衣，对她耳语，不论说的是什么，都让米奇坐了下来。

伊恩也在我旁边坐下，头靠在我的脖子上，低声说道："我想电话挑战让她很不好受，比她表现出来的更受折磨。"米奇的第一个电话头奖挑战是告诉一个女孩，她对她迷恋多年，只要两人能在一起，要她做什么她都愿意。那个女孩听起来像是被这番告白弄得起了鸡皮疙瘩，米奇整张脸变得粉红。第二场挑战换成伊恩打给她在疗养院的祖母，她虽然表现得毫不在乎，颈动脉却跳动得近乎爆炸。

"你想我的惩罚会是什么？"我问伊恩。

"我只知道挑战会变得难上加难。"

我发出呻吟："因为我们做得还不够难？"

"试胆任务"让我们静了一下。大概是广告时间吧，或者还有另一场头奖回合正在进行。对桌的玩家很自然地利用这个时间再去拿啤酒喝。当他们在打嗝时，我靠向伊恩，梦想着在任务之外和他交往会是什么情景。他轻声细语夸赞着我的表现，又耳语一些暗示性的小事，热热的呼吸煨烫着我的耳朵，听起来格外诱人。当每一次的抚触都充满电流的时候，谁还需要挑战的刺激呢？

我的幻想时光转瞬即逝。盖尔出现在屏幕上，通知我们下一场挑战的布置已经完成。她舔了舔嘴唇："大家准备好了吗？"

只有泰还假装对任务充满热情，大家都知道挑战的内容会很讨厌。我检查手机，还剩下一小时又四十分钟。

盖尔拍拍手，一副准备独唱的样子："这一回合是替你们每个人量身打造的。门口对面那道长长的墙上有四扇门，分别通往特别的房间，我们分成两组进行挑战，叫到名字的人就要走去打开门。"

墙上第一扇门啪啦打开了，这会通往另一个变态的小房间吗？还是一块从屋顶延伸出去的跳水板？我可不想与这家夜店的典型客户面对面。

屏幕上，盖伊出现在盖尔的旁边，点了伊恩的名字。伊恩很快地给我一个拥抱，然后大步朝门走去。就算对头一个上场感到很紧张，他也没有把感觉流露出来。

盖尔说："门一关上，计时器就会开始跑，除非发生火警，否则门要十五分钟后才会打开。"

所以他们是要我们自己走进陷阱里去，这真是把我们锁在挑战中的有趣方式。伊恩耸耸肩，进去后随即关上门，大概是想越早结束越好。我也有同感，但还是对要锁上门进行挑战觉得心惊胆战。盖伊宣布的第一阶段名单中没有我，萨姆尔、米奇和泰陆续进入其他三间房间，只剩下丹妮埃拉、珍和我。

当伙伴都去接受虐待或和老鼠同处一室时，我和其他女孩聚在点心柜附近，分享和啤酒一起放在冰箱里的巧克力。不吃白不吃。我发现我们都是搭档中比较弱的那一方。在第二阶段再来吓吓我们会比较好吗？

珍轻咬着一块巧克力，然后擦擦嘴角："米奇不像你以为得那么凶悍，这个任务让她很不好受。"

"或者她只是显露出自己真正的一面。"我说，不想就这么放过珍的伙伴，"无论如何，谢谢你刚刚劝退她。她会认为我替'试胆任务'工作真是疯了。"

她扬起眉毛："是吗？"

我的下巴往下掉："是，绝对是。"

她往我的手臂上揍了一拳："只是闹闹你啦，如果有人是暗桩，那也会是萨姆尔，他太静了。"

丹妮埃拉打了个哆嗦："我很怕黑，你们想，他们不会让我们一个人坐在完全没有灯光的房间里吧，会吗？"

我拉直裙子："既然你的恐惧被他们知道了，有可能喔。"我不是要表现得很恶毒，但有人需要提示这个女孩，把自己的弱点这样大大咧咧地说出来，很有可能会被任务拿来整她。

她的肩膀抖了一下。

我对她微笑："不过不会发生不好的事啦，如果他们关掉灯，你就小睡一下，替下一场挑战养精蓄锐。"用说的当然简单。

她的双眼大睁："不可能，我一闭上眼睛，他们就会送蜘蛛还是什么的过来。记得上次那个名叫艾比盖尔的女孩吗？她最怕蛇，你们看到他们对她做了什么事。"

我想起一个月前在那个玩家脸上看到的恐惧。当时我心里想，那些蛇不可能有毒，她只要放轻松就不会有事。但她没有放轻松，我眼睁睁看着她局促不安，甚至觉得很好玩。

珍又拿了一些巧克力："那个女孩想当电影明星，你以为那些尖叫都是真的吗？这个任务对她来说只是场大型试镜。任务结束后，'这就是我'的网站上到处都看得到她的身影。你们听说她上个星期做了什么吗？她在某个恰巧正在拍摄的人面前，跳下瀑布旁的悬崖！完全就是个想讨人注意的婊子。"

我拿了一瓶汽水："为了得到一个电影角色，她做得也太过了，我听说那是最后一段视频，之后她就没再上网了。"

珍笑着说："全是大型的特效噱头啦。"

我们讨论上个月其他的挑战，列出最令人兴奋的几场，并比较我们在网络上看到的、有关上届玩家最近都在做什么的八卦。不过，今晚以后不会有人在意他们了，我们这批最新的演出者才是重点。

嗯？我把自己想成是一个表演者了吗？有意思。

我认定珍和丹妮埃拉不是那么糟糕，她们搭配的伙伴如果比较正派就好了。但就算如此，我仍怀疑她们会不会进入头奖回合，她们的伙伴毕竟都是人格比较强势的那一个。我在这里也是因为伊恩的关系吗？还是我出尽了洋相，所以大家想多看一点儿？

第一扇门打开了，"试胆任务"替它配上吹奏喇叭的音效。伊恩步履不稳地走出来，双眼布满血丝，两条腿晃晃颤颤的。怎么回事？我跑过去扶他回到座椅上，很讶异地感受到他背上一股往下流窜的战栗："他们在里面对你做了什么？"

他摇摇头："让我想起不想回忆的往事，对不起，我不想谈。"

啊？我还以为我们是伙伴："我了解，你要不要吃或喝点儿柜子里的东西？"

他把头埋在双手中，身子前后摇晃着："不用，谢谢。"

是什么让他受到这么大的震撼？隔壁的门也开了，泰缓缓地走出来。他握着拳头做出加油的动作，要求丹妮埃拉给他一瓶啤酒，眼睛却怪异地抽动着，似乎正在克制自己的泪水。看起来即使是泰这种精神病都被"试胆任务"吓得魂飞魄散。

米奇走出门外时，两个眼珠子变得很透明，她大声嚷嚷着："你们如果有哪个人说错一句话，我才不管会不会把你们吓到退出任务，听懂了吗？"

终于，萨姆尔也回到这个房间。他垂着头大步走出门，一坐回位置上就凝视着自己的指关节。看不出挑战对他造成多大的影响，今晚他摆出这个姿势已经好几次了。

盖伊拍着手出现在屏幕上："好吧，下一组，起来，起来，起来，丹妮埃拉去第一个房间。"

她颤抖着踏着沉重的步伐走向那扇门，在进入挑战前转身对我们大家小小地挥了挥手，我是下一个。真希望能多陪伊恩几分钟，我讨厌在他这么脆弱的时候丢下他。但又能怎么办呢？我给他一个拥抱，相信这能安抚他更胜过安抚我自己，然后走向我的那扇门。

门内的空气很冷，像是直接从室外吹进来。进去后的地板上有灯，指向前方一道陡峭向下的斜坡。我一进去就把门关上，咔啦，我发誓我听到了计时器隐约的嘀嗒声。还是那是一枚炸弹？我跟着灯走在走廊上，通往至少比游戏室低一层楼的地方。到了斜坡道的底端，走廊往右转，前方出现了两扇门，指示灯跳过第一扇，引领我走向第二扇。推开门后，我进入一个天花板上有红色圆灯照明的房间，空间很小，一张面壁背门的皮椅就把房间塞满。

盖尔的声音似乎从房间里不同的位置传来："坐下吧，薇，让自己舒服点儿。"

我轻巧地坐到皮椅上，身后的门砰地关上了。这是什么？某种游乐设施？一个面板缓缓地往我的大腿上移动过来，上面开始发出一点又一点微弱的光。天花板上的红色圆灯转为昏暗，我置身于几乎全黑之中，心跳不由得加速。他们误把丹妮埃拉的挑战派给我了吗？或许她正穿着湿答答的衣服被推上舞台，马修看了哈哈大笑，西妮则指控她是个差劲的朋友。

随着我的瞳孔逐渐适应光线，面前的屏幕也现出形体。我伸出手，发现上面有一个方向盘，屏幕旁还有几个旋钮，是仪表板。这是在干吗？模拟驾驶？

"系上安全带，薇。"盖尔说，仍然只闻其声不见其影。

当她用更坚定的声调重复这个指令，我才意识到她是说真的。

"好，好。"我碰触座椅的两边，在屁股的右边找到安全带的一头，在左边肩膀处找到另一头。我把安全带拉过胸口，"啪嚓"一声扣上。或许这个建筑物内有一架云霄飞车还是什么的，这绝对有可能，毕竟舞池和贵宾室之间隔着三层楼。唔，我以前也在黑暗中搭过云霄飞车，虽然不是我的最爱，但我撑得住的。

面前的一些小细节越来越清楚，我看到仪表板上的通风孔和音响。它们真的能用吗？其他的细节也一一显露，逐渐形成一个连贯的图像。我眯起眼睛盯着转盘。注意到收音机的旋钮上有张写着"再大声点儿！"的小纸条时，我屏住了呼吸。这是我那辆车的山寨版。

我皱着眉头打开收音机，一首独立制作的乐曲扬起，那是我常用音响反复播放的曲子。谁把我的播放清单告诉"试胆任务"了？小西和他们配合来报复我吗？

仪表板下传来引擎启动的声音，我的座椅在类似真车的温和隆隆声下震动着。这个情况实际上还挺令人愉快的，安抚人心，舒服。我把头往后靠在椅背上，即使知道"试胆任务"可能会把蜘蛛送进来，还是闭上眼睛，随便他们啦。

我很喜欢现在播放的这首歌，于是跟着唱了起来，下一首更好。这里就跟我的车一样舒适，他们的布景设计师很注意细节，不输汤米为话剧所做的努力。这里甚至有股淡淡的废气味。

废气？在一个封闭的空间里？

我的身体猛地向前。不可能！我戳戳安全带的按钮，打不开。越是用力拉，安全带就越发卡得死紧。音乐更大声了。

我打了个寒战，意识到现在播放的乐曲和那晚我在车库里听的音乐一模一样，当时也是有一个很平静的开始。他们怎么会晓得这些事情？他们向我的朋友调查我的音乐喜好，又刚好猜得很准？

气味似乎变浓了，我的头开始发昏。这不可能是真的。有人大概在墙壁的另一边抽烟，透过一个通风口把臭味吹送过来，为的就是想把我吓得屁滚尿流，但这招真的奏效了。

我抽出手机，试图打电话求救，可是没有信号。或许这里跟监狱没有两样，墙都是钢铁做的。这个念头让我的胸口再次战栗，又对安全带一阵猛拉狂扯。然后，我意识到一定有观众在看，当然啦。

我把头抬高几厘米，面对应该会有镜头对着我的地方："盖尔，盖伊，放我出去！"我是那么、那么焦虑，已经无暇顾及这是否会违犯挑战的诚信。

喇叭传出来的是盖尔的笑声吗？

我大喊："不论有谁在看这场挑战，打911，现在就去！他们抽送废气进来，我的头好昏，这不是在开玩笑。打电话报警，叫他们过来罂粟俱乐部的贵宾室。拜托！"

有人会听吗？或者他们以为一定会有别人来救我，就像心肺复苏术课的老师警告的那样？

"西妮、丽芙和依露伊，你们现在就打电话报警！我求求你们，'试胆任务'是个彻底变态的游戏。"她们看得到我吗？"试胆任务"为了控管窥视人看到的内容，想必会延迟一点儿才播放视频。丹妮埃拉和珍同时也在进行挑战，任务的画面只能在三个房间之间轮流切换。但"试胆任务"不会真的伤害我，对吧？他们一定有什么底线，一定有。

脑子感觉越来越轻了。我用尽全身的力气拉扯安全带，它就是不开。即使这是场大骗局，我身体的每条肌肉依然蠕动着想要逃跑。我往两旁屈身，试着从横越胸部的安全带下脱身。一个肩膀和一条手臂钻出去了，头却没有足够的空间可以出来。我尽可能扭动到右边，身体几乎平躺在座位上，再往椅垫内沉下去，像舞者下腰一样往带子的底下钻。一股剧痛往上传到了颈部，不过我终于脱离安全带的上半部。

接着，我利用方向盘作为杠杆，向上摆动着下半身，试图挣脱大腿处的安全带。几分钟后，我气喘吁吁，但自由了。

真是这样吗？我从凹背座椅跳出来，两条手臂往外摸索，碰触到"车子"后面的墙壁。墙壁冷而平滑，像是大理石，也恍如一块墓碑。我花了点儿时间才找到门把，然后对它又转又拉，当然，门是锁着的。

他们要我在这里，在摄影机的镜头前窒息而亡？或许我本来就在劫难逃，逃得了一时，逃不了一世，死在车库里就是我的宿命。不，不，这太疯狂了。我的头如果不转得这么快又这么晕就好了。

我重重捶门喊道："放我出去！"然后转向室内，恳求在线上收看任务的人快来救我。引擎仍呼噜呼噜作响，乐曲也依然悠扬。

我背对着门，身子下沉，变成蹲姿。这里的废气是不是更浓？不，等等，烟会往上升，不是吗？我的脑子太模糊了，想不起来。我把头放在膝盖上休息，闭上刺痛的眼睛，连喉咙也感到灼痛。不论他们抽送进来的气体是什么，都比汽车废气更浓。几个月前我在车库里坠入梦乡时，一点儿感觉也没有。

或者我有？我太想忘掉那起事故，所以从来没有认真回想细节，连精神科医师问诊事发经过时，我都只是敷衍了事。

那晚我的脑子到底在想什么？谁都晓得坐在车库里任由引擎继续运转是很危险的事，我一定想过要熄火。可是那个座椅，还有音乐和暖气都好舒服，我的心情又是那么沮丧。对，我那时在生西妮的气，这是之前被我遗落的小细节。我花了那么多时间帮西妮排练台词，可是那晚临要回家之际，她非但没有感谢我，反而抱怨戏服让她看起来很胖。我已经替她修改过戏服，还改了两次。

于是就气到要去自杀？这也太可笑了。但是，或许，只是或许，我会为了得到一点儿注意而这么做。很疯狂，不过我的脑子却有一个微小的角落开始纳闷，这个想法是否有一点儿真实性。

我拍击石头地板。这个任务，还有这个猜测，全都烂透了。我只想回家睡觉，忘了一切。我尖叫着重捶地板，捶到手指骨都瘀血了。我对自己怎么会把自己害得这么悲惨愠怒不已，对"试胆任务"设计了这么恐怖的挑战愤恨不平，对窥视人不来救我更是怒不可遏。我把炙热的脸转离门前，在黑暗的房间里竖起两根中指。如果他们要让我受苦，我不会放过他们。但我可不会哭。

身后的门发出"咔啦"一声。

我站起来，两腿却已麻木，很不好使力。起身后我转动门把，门就开了。我推着门，半期待着外头的世界又是一场恐怖的演出。

但实际上我只是跟着地上那宛如飞机内的微弱灯光，沿着走廊前进。空气冷冷的，很清澈。我一边走上斜坡，一边大口大口地呼吸，朝着通往其他玩家所在之处的游戏室门走去。才走到门前，门就开了。

我对着明亮的灯光眯起眼来。感觉上，离开游戏室去接受挑战的时候，灯光并没有这么亮。门槛的对面，伊恩张开双臂正在等我。我蹒跚地走进他的怀中，让他抱着我。

"你做到了。"他说。

我叹气："没有别的选择。"我的身体和精神都竖起白旗。如果还有一点儿力气，我现在就会大步走出门外，但我的膝盖几乎撑不住身体。

伊恩一定察觉到了，所以他是半抱着我回到我们的双人座。我依偎着他坐下，一心只盼能忘了我们之外的全世界。他的心跳是那么强壮、笃定和充满活力。然后，我抬起头来偷看别人，才发现大家挤在啤酒柜的附近。珍和丹妮埃拉的情况显然比我还差，尽管我觉得自己已经悲惨到不能再悲惨了。

"试胆任务"播放了更多电子乐。我瞄了一眼手机，还有一小时要过。怎么会呢？我无法再多忍受一分钟，更别提一小时了。

盖伊和盖尔穿着派对的服饰出现在屏幕上，像是要庆祝新年即将来到。盖伊说："恭喜你们又过了一回合！我们继续吧。"

"不要。"我说。

盖伊蹙起眉头，盖尔的眉毛往上挑得老高。其他几个玩家转过头来瞪我，好像我在教堂里吐了口水。米奇双手握拳，泰也是，但丹妮埃拉和珍也同意地点点头，引来她们各自的伙伴对她们投以致死的目光。有几秒钟，面板上闪现着我们的大头照和观众支持率。不用看也知道我的支持率更低了。那又如何？

我深吸了一口气："你们刚刚想杀了我。我受够了。"

盖伊又出现了："你当然是对的。"

是吗？

他摇了摇他的小指："和杀不杀人没关系，傻瓜。那只是你的紧张和啤酒造成的。听起来你的心对你玩了些诡计，受困在黑暗时，大脑能想象出什么真是令人惊讶。但我们讲点儿道理吧，你们大家都好好的，不是吗？"

没有人回应。

盖尔走入画面，站在盖伊的旁边："观众认为你们需要一些加油打气，我们也同意，所以看看你们的手机吧。"

多么体贴的观众啊。我必须记得送感谢卡给他们，并用炭疽热装饰卡片。虽然已经不想再做任何"试胆任务"要求我做的事，但我还是好奇地检查了一下手机。手机有一则标题为"看看有谁在看！"的短信，打开后，里面是一段来自依露伊和丽芙的视频。

丽芙首先对着屏幕作势要与我击掌："薇，我好以你为荣！你是我认识的女孩中最勇敢的！"依露伊也哈哈笑着过来说："甚至比那个人更有明星样，你知道我们说的是谁。"她们接着又告诉我，朋友们全都在替我加油，明天还会帮我盛大庆祝。她们显然不知道我即将被禁足到夏天，但知道不是每个人都讨厌我，还是让我微笑起来。

伊恩和其他玩家也都在看自己手机上的视频，每个人的五官都变得柔和，连米奇也是。

盖尔从屏幕上对我们呼唤："大伙儿，觉得好些了吗？"

只有我一个人回答："还不够。"

她露出微笑："那么你还没看清楚手机上的内容。"

我往下看，发现还有一则短信。我读着内容，差点儿失手摔了手机。他们在我的头奖中又加了一项奖品——在纽约最炙手可热的设计坊进行暑期实习。室内爆出一阵欢呼和口哨声,其他的玩家想必也得到了同样诱人的提议。

伊恩的脸都红了:"我不敢相信。"

"他们用什么贿赂你?"

他低语道:"一个会让我自由的律师。"

我充满疑问地把头歪向他,他只说:"这代表了全然的自由。你呢?"我告诉他我的奖品。

他有点儿飘飘然,宛如在那个房间里发生在他身上的事情并不重要:"不管他们朝我们丢来什么烂透的事,这都值得我们再忍受一小时,不是吗?"

"我不知道。""试胆任务"有没有施放毒气想要置我于死地?在游戏室明亮的灯光下,依偎在伊恩的旁边,那个想法似乎很疯狂。再怎么说,他们也别想逃过法律的制裁,不是吗?我很疲倦,压力很大,他们对我的脑袋胡搞瞎搞。这就是他们在做的事。话又说回来,他们也提供了别人无法提供的奖品。有了实习和时尚学校,我会一步登天。

伊恩亲吻我的脸颊:"没有什么阻挡得了我们。"

我翻了翻白眼:"是啊,我们绝对是无敌的。"

盖伊拍拍手,吸引我们全体的注意:"每个人都准备好要继续了吗?"

其他的玩家大喊:"好了!"

我虽然不是很热衷,不过他们的贿赂生效了。

我点点头。

盖伊露出笑容："太棒了！那么现在，我们就进入头奖回合的最后阶段。"

画面消失，我们等待主持人再度现身在屏幕上。电子乐变得很小声，然后换成在瑜伽教室会听到的新世纪音乐。虽然已经决定要玩下去，但这种音乐却比合成乐还令我紧张。我试着深呼吸，可是呼吸很不顺畅。一滴汗珠缓缓滚下我的脸颊，空白的画面似乎在嘲笑着我们。过了很久，终于有文字出现，并且围绕着我们的头部打转。

你们只要做一件事：选一名受害者。

第十五章

或许这是一个骗局……

————————

除了米奇窃笑出声之外，每个人的脸上都挂着个问号。头再度感觉轻飘飘的，好像脑子正要开溜。我咬着牙，控制住自己。

他们要一名受害者。

为什么我会自己骗自己，以为他们只会让我赢得进入时尚学校的一切，而不会在这个过程中逼得我彻底疯狂？我试着用摇晃的膝盖站起身来。

伊恩抓住我的手腕，温和地捏了一下，耳语道："目前还不要抛弃你的奖学金。"他面对镜头。"你们要我们选一名受害者？为什么？"

泰哈哈笑道："为了好玩，老兄！"

我们其他的人等待着，凝视着屏幕，想听盖伊或盖尔解释挑选"受害者"的理由，但屏幕只是一片空白。

伊恩揉揉一边的脸颊："或许这是一个骗局，受害者实际上会赢得什么。"

其他人发出嗤之以鼻的冷笑，就连我也不信。

米奇用新开的啤酒——她的第五瓶——指着我说:"我投票给她。薇(Vee)的 V 就代表受害者(victim),不是吗?不然难道是处女(virgin)?"

珍用鼻子爱抚着米奇的脖子。仰起鼻子呼吸时,她说:"我也投处女受害者一票。"

什么?我还以为我们稍早前分享巧克力时已经建立起一些交情。神啊,求求你,让她被女友下巴凸出来的别针扎到吧。

我交叉双臂,抵抗着内在的空洞感。虽然不信任自己的声音,我仍强迫自己开口:"这太疯狂了,各位。你们不明白吗?他们只是为了好玩就让我们彼此攻击。"

泰灌下一大口啤酒:"废话。但我们也只是投票而已,又不是真的会对你做什么,对吧?各位?"他摊开双臂,两只健壮的手各拿着一瓶啤酒,并缓缓地转圈面对其他人。

米奇点头:"没——错,除非这个处女不投票,害我们失去我们的奖品。那么,该死的,对,我们就会对她做什么。"

伊恩厌恶地摇摇头:"如果有人要整她,就得先对付我。"

米奇摇摆着手指:"噢噢噢,男子汉,以为这样就能让你脱下处女小薇的裤裤吗?"

泰对我眨眨眼:"我会放小可爱一马,投票给她的英雄伊恩。"他举高一瓶啤酒,一仰而尽。

房间里很静,除了我耳朵里一直警铃大作。

接着盖伊的声音透过喇叭传了出来,屏幕则仍是一片漆黑:"你们呢?萨姆尔?丹妮埃拉?伊恩?薇?"

丹妮埃拉嘟起嘴来，身子左右扭动着："薇，你真的还是处女吗？"

我瞪了她一眼。

她耸耸肩："对不起。反正我会对你好一点儿，我也投给伊恩。"

萨姆尔检查他的手："对不起，薇，我会投给你，只是要让你的票数居多。"

我赏他一个"多谢你噢，混账"的眼神。他基于安全的理由跟着大家投票，我又比伊恩更没有威胁性。当然，这是进行任务最好的策略，不过还是很令人讨厌。

伊恩投给泰，我投给米奇，好像这样做有什么用似的。

我们落入不安的等待中。即使音乐转变成各年龄层客户都有的夜店会播的那种平庸流行歌，其他玩家还是回到桌前坐下，我们早就不想跳舞了。

伊恩的嘴唇贴近我的耳朵："他们只是想让我们精神崩溃，你等着瞧。"

我也耳语回他："如果'试胆任务'唆使这些白痴攻击我，我立刻走人，大家都别想得到奖品。"

他亲吻我的脸颊："很公平。"

过了漫长的五分钟，除了米奇又去拿一瓶啤酒，以及我布满鸡皮疙瘩的四肢不由自主地颤抖起来之外，没有别的事情发生。我真希望"试胆任务"会告诉我们下一场挑战是什么，早死早超生。伊恩低声说着鼓励的话语，试图安抚我的情绪，但得到最多票的受害者不是他。

"这里有没有厕所？"我对着空白的面板说。他们应该要给我们上厕所的时间，不是吗？但我不记得在走廊上有经过别的门。

狂饮多瓶啤酒，膀胱容量想必像海湾一样的米奇指着我："别想逃，不然我永远不会让你好过。"

伊恩举起一只手："冷静，我们都想得到自己的奖品，尽量不要把场面弄糟吧。"

盖尔空洞的声音说道："盥洗室的门在薇身后的墙上。"

当然啦，又是墙上开出来的洞。我转身，面对稍早前打开过的亲热小房间。没错，小房间的左边有一个螺旋亮了起来。我用摇晃的双腿绕过双人座，同时注意到其他玩家的眼神纷纷回避，像是不再当我是个存在的实体。噢，天哪，在战争中，人所经历的第一步不就是如此？先剥夺受害者的主体性？

我对着亮起来的螺旋按下去，一扇门开了。门后是间很小的厕所，没有窗户。想也知道。

"你要是五分钟还不出来，我们就会去找你。"珍说，看着米奇，想博得女友的认可。米奇用响亮的一吻代表同意。

我把自己关在厕所里，很庆幸有个抽风机自动开启，掩盖掉任何令人尴尬的声音。门上没锁，却是我几小时以来得到的最大隐私。我坐在马桶上，今晚第一百万次把头埋在手里。现在我是"受害者"了。这代表了什么？他们会像贞爱立约承诺人那样把我推来推去吗？还是跟妓女的威胁一样，要把我的眼睛挖出来？他们能像小西和汤米，让我感觉微不足道又很罪恶吗？我尽力压抑，泪水却仍簌簌落下。

一分钟后，我握紧双拳，多么愚蠢啊。我最不想要的就是被米奇闯进厕所来，发现我坐在马桶上哭。这里也有镜头吗？噢，该死。想到这里可能也有镜头，我恶心到腹部都痛了起来。我盯着天花板，没看到镜头。但这不代表镜头没有内嵌在我周围的墙壁上。上厕所前怎么就没想到这一点呢？该死！观众看到了多少？那些在我被关在满是废气的黑暗房间里时，只会冷眼旁观的家伙。

我没有掀起裙子，直接提起内裤，然后冲马桶和洗手。镜中有一对被脏污的眼影环绕又布满血丝的双眼回瞪着我。稍早前整理过的仪容已经惨不忍睹。我往脸上泼了泼冷水，让双眼没那么红，但也洗去最后那一点儿睫毛膏，让我看起来像个中学生，如同伊恩稍早逗我说的那样。我可以去双人座上拿新的化妆袋来修补妆容，或许替自己创造新的角色，不过那大概正是"试胆任务"希望我去做的事，所以还是算了吧。

门上传来敲击声："快点儿，我也要上。"丹妮埃拉用她尖尖的哀鸣声说道。

"先别急着脱裤子，我马上出来。"我的声音粗哑，精力倒是恢复了一些。我深吸一口气，开了门，出去时对她眯起眼睛，同时也对其他人怒目相视，只有在沉沉地坐回椅上、对弹起来的座椅暗自咒骂时，没有这么看着伊恩。

"有人哭了。"米奇哈哈笑道。

"闭嘴，"我说，"我只是累了。"

她一只手抚过珍的莫霍克头尖端："是啊，我猜已经过了你的上床时间。"

伊恩低语："你越理她，她越会骚扰你。把注意力放在我身上，我们要以赢家的身份走出这里。想象我们会怎么庆祝。"

我一边听伊恩说话，一边透过玻璃桌面凝视着暗红色的地毯。它的图案微微弯曲，通往桌子底下一个中心点。我的眼珠子跟着旋涡和回旋打转。

身后的门"咔啦"一声打开，打断了我的注意力。

丹妮埃拉从厕所走出来回到座位上。她重新涂上一层连古代妓女都会备感威胁的厚厚唇膏，麝香味的香水弥漫整个儿房间，令我的眉心隐隐作痛。即便是"试胆任务"也规划不出比这更有效的嗅觉攻击。

我继续检查地毯。那里有个什么让我觉得不安。我发觉桌子底下的中心点是由一圈圈较黑的斑点组成的同心环。我往前倾，想要瞧个仔细，于是轻轻地把双臂放在桌上，好让桌子不会摇晃。

面板发出哔哔声。盖伊说："你们几位是最后的头奖挑战者，所有观众的眼睛都注视着这个房间！"

珍和米奇对着镜头挥手。我又想上厕所了。为什么主持人不露脸？他们的声音从环绕音响中传出来，画面上却一片空白，感觉好毛骨悚然。

盖尔用命令的语调说："丹妮埃拉，打开绿色的橱柜。"

丹妮埃拉一跃而起，拍拍双手："又有好吃的喽！"

太棒了，现在又是什么？威士忌还是砒霜？我不想知道。我蹙着眉头专注在地毯上的那些斑点。它们其实比较像是间隙，不，是洞。洞？我的腹部宛如挨了一拳，终于恍然大悟。那是一个排水孔！到底是哪种鬼贵宾室需要在防水的橡胶红地毯中央弄个排水孔？我猛地抬头。

丹妮埃拉往柜内瞄了一眼，倒抽一口气把门甩上。她显然没有考虑到自己的门牙，就对着她那蜡状的下唇咬下去。

泰拍了一下桌子："不要再那么戏剧化了。那是什么？"

她给他一个牙齿沾有口红污渍的微笑，同时用颤抖的双手打开柜子。这次，柜门晃荡着大大敞开。

我们其他人也屏住了呼吸。

橱柜的深处挂着七把手枪。

第十六章

好啦，玩家们，该是你们赚大钱的时候了。

————

两秒后，我已经冲到门口。

但从丹妮埃拉和泰中间挤出来的米奇和我一样快："贱人！你什么地方也别想去！"她抓着我的手肘往后扭。

我尖叫着使劲朝门把前进："一堆喝醉酒的猴子在玩枪的时候，我才不要待在这里！"

伊恩到我们旁边，试着把米奇从我身上扳开："让她走。"

她的指甲透过外套掐进我的两条手臂："不能让这个没胆的公主害我们丢了奖品。"

珍和泰也加入混战，要把伊恩拉离我和房门。伊恩猛烈地摆动身子，我也挣扎着要逃跑，可是米奇抓得好牢。她让我转向，把我整个儿人甩到地上，然后骑坐上来，我的脊椎在她的体重下发出尖叫。

当她把脸压过来、对着我的耳朵喷吐燥热且带着啤酒味的口气时，安全别针戳着我的脸颊："我敢说你这样的小母狗最爱背后式了。"

我在她的身子底下蠕动，可是挣脱不出。她把我的脸往地毯压，我发现地毯闻起来就像看起来一样充满塑胶气味，这让我更加怀疑这块地毯是因为可以清洗才被选来铺在这里。想到它可能接触些什么液体，我打了个冷战。

音乐转变成重金属摇滚，低沉的敲击声即时打进我的心坎里。我咕哝一声，挣脱出一截手肘，刚好戳中米奇的肋骨。她猛拉我的头发作为报复，我的眼里顿时充满泪水，但在抬头的瞬间也扫视了整个儿房间。萨姆尔仍坐在桌前，丹妮埃拉用双臂抱着自己缩在一角，瞪大眼睛看着周遭的打斗。

伊恩、泰和珍在我的左边冲撞、挥拳。只要泰放下他的啤酒认真和伊恩扭打，我们就完了。伊恩一定也意识到这一点，所以直接借用昆汀·塔伦蒂诺电影中的动作，靠向墙壁，对着泰的胸口高高踢出一脚，泰往后撞到珍，两人双双跌落地上。太好了！至少我们之中有一个可以跑出去，结束这场恐怖的任务。

伊恩跑向门前，猛拉门把。然后再用力拉一次："这是怎么回事？"

米奇压在我身上的重量突然减轻，然而，看到伊恩拉扯门把的样子，我的胸口反倒往下一沉。有事情不对劲。当我站起来时，米奇已经飞扑到伊恩的背后，拉扯他的头发。他快速地转身，用力得让米奇失去平衡，撞向我和才刚从地上爬起来的泰和珍，像多米诺骨牌一样。我们在地上挤成一团，一面尖叫，一面咒骂着脏话。最后我发现自己不知怎的停住了，像掉在一堆罗威纳犬上头的破布娃娃。我翻滚下来，朝伊恩跑去。

他一而再、再而三地使劲拉门，二头肌都鼓了起来，门却纹丝不动。

他跳起来，在最近的镜头下对着空中猛打："你们这些混账把我们锁起来！这是绑架！"

米奇挤进伊恩和门之间，也试着拉拉门把看。当门打不开时，她哈哈大笑。怎么有人被绑架了还笑得出来？

音乐换成冰激凌车的旋律，接着又被面板发出的哔哔声掩盖。一则信息从屏幕上跑过去：门一定是卡住了，我们会尽快派工人过去。

我对着屏幕大喊："你们不能这么做！我们会告你们！"

说清楚点儿，你们到底要告谁呢？

我指向米奇："我可以从这个贱人开始。"

祝你好运，看来是个只有供词没有证据的简单案子。

观众看得到"试胆任务"发出的信息吗？还是只看得到某种会保护任务管理人的剪辑版本？或许这就是为何主持人不再露脸的缘故，我们现在毕竟是在有枪的情况下。想到这里，我的血液唰地往下流。

我躲到伊恩身后，从口袋里拿出手机按911。米奇的脸狰狞得像只狼，冲上前来要打我，还好有伊恩把她挡开。不重要。电话打不出去。我厌恶的嘟囔声引来米奇和泰的大笑。

我难以置信："你们是精神病吗？我们和枪一起被锁在这里。只有伊恩和我觉得这样不对劲吗？"

萨姆尔在他的双人座上缩着身子："他们大概拿掉了撞针，或者装的是空包弹。"

我按捺着想冲过去揍他的冲动："你真的想赌赌看？"

泰咕哝着说："冷静。又没有人会真的开枪，这只是场游戏。"

丹妮埃拉不言不语，一只手放在唇上，像是在克制着不要哭出来。珍和米奇轻咬着彼此的嘴唇，咯咯发笑。她们知道什么我不知道的事吗？

我再度试拨手机，想删除"试胆任务"的应用程序，恢复通话，可是手机要求我输入密码。我对着镜头高举手机，大喊："把你们的程序从我的手机里弄掉。"

当然，没有人回应。我揉揉两条上手臂，试着舒缓就快失控的惊慌。我的外套袖子被扯破了，露出右肩上深深的抓伤。

我喊道："我需要看医生！你们的斗牛犬挣脱绳子了。"

米奇一只手按在前额上："我已经算很客气了。"

急救药品在黄色柜子里。我们的线上医师认为你们看起来都很好，不过工人过来开门以后，我们会再替你们做检查。

柜子！我朝它们跑过去，但不是在乎那些急救药品，而是不想让其他人拿枪。我发现有人把放枪的绿色柜门关了起来。大概是丹妮埃拉。

泰快我一步，用高大的身躯居高临下："噢，不，你不可以。"

我试着快动作绕过他，可是他太庞大了："我需要包扎，或许也要打一针狂犬病疫苗。"

伊恩站到我旁边："好了吧，老兄，我们全都被困在这里，就让她拿她需要的东西。"

泰伸出一条手臂。"我帮她拿，以免哪个蠢蛋以为可以拿枪射击门锁。"他瞪着我，"那反正也没有用，电视上已经做过测试。"

很好。这大概是他青豆般的小脑袋里唯一的科学信息。

我的手臂很痛，或许真的需要注射狂犬病疫苗，至少也该打一剂预防犬瘟热："好，可以，我不会去拿枪。就给我治疗手臂的东西，这总可以了吧？话又说回来，或许你该让我流血流到需要送医，'试胆任务'就不得不取消这个挑战。"我敢打包票，"试胆任务"才不会理我。

泰召唤他的党羽前来支援。我们站在那里，大眼瞪小眼，脸部抽搐。他打开黄色抽屉，在里面东翻西找，然后递给我两个创可贴和其他东西。

回到座位后，伊恩先用消毒棉擦拭我的伤口，再帮我贴上创可贴。桌子对面，珍把一个冰袋放在米奇的头上。我弄伤她了？很好。

泰交抱着双臂坐着，对我们怒目相向，看有谁胆敢朝柜子靠近。丹妮埃拉发出愉悦的声音，一只手抚过他的头发，手镯晃晃荡荡，像是监狱的钥匙。在伊恩和我的左边，萨姆尔仍保持沉默，只是越过他的眼镜看着我们。我们全都坐下来，仿佛参加最后的晚餐，只是这里没有食物，也没有圣人。

音乐转变成电梯里播放的流行乐。配乐是谁选的？撒旦？

好啦，玩家们，该是你们赚大钱的时候了。

再一次，指令只透过面板上的文字信息发出。尽管盖伊和盖尔感觉很假，但少了他们，却让这个房间显得更加孤立。

泰，把枪通通放到桌上，在每个玩家面前各放一把。

我的胃直线下沉。泰皱着眉头盯着面板，一副看不懂文字的样子。或许他终于生出一颗良心来了？

你会因为你的辛劳额外获得一百美元奖金。

他满面笑容地站起身来。我屏住呼吸，祈祷柜内的武器像变魔术一样被换成鸽子。但他开了门，魔术显然没有发生。整晚跟着我的坏运气到现在仍赖着不走。

我唤道："不要这样，泰。这完全是《蝇王》（注：*Lord of the Flies*，一九八三年诺贝尔奖得主威廉·高汀的寓言式小说，描写一群英国男童遇难后在荒岛生活，逐渐分成两派相互仇视攻击）的剧情。'试胆任务'要把我们变成野蛮人。让他们看看你是自己的主人。"

泰对伊恩说："你就不能控制你的女人吗，老兄？"

伊恩神情凛然："她说得对。不要这么做，泰。"

"娘炮。"他拿下一把手枪，抚摸着它，"西格绍尔 P226，漂亮，这是海豹特种部队最好的伙伴。"

他把这把枪放在身边，再拿第二把枪出来，放在丹妮埃拉的面前。接下来的两把给了珍和米奇。米奇倾身检查自己的枪，低低吹了一声口哨。当她向我瞥过来时，我畏缩了一下。泰接着把枪放在萨姆尔和我的面前，最后是伊恩。他把枪筒对着我和伊恩放。

我交抱双臂，开始大声喊叫："不管是谁在看，打电话报警。不管是谁在看，打电话报警。"他们会做什么？用另一个惩罚来威胁我吗？还是把手枪升级为机关枪？

我不断重复这个要求。"试胆任务"可能拦阻了我在模拟驾驶那个房间里的请求，不过他们总没办法一直审查我的话，特别是现在其他的头奖回合都结束了，没有别的挑战可看。到头来，他们不是得放我们走，就是要让窥视人看到我们。不论如何，任务结束了，去他的时尚学校。

你该闭嘴了，薇。

"该让我退出了，我要退出，我要退出，我要退出。"我轮流嚷着退出和恳求观众打电话报警，伊恩也加入我的喊叫。

看看你们的手机。

我中断喊叫，说："你们已经没有奖品可以提供给我了，时尚学校和实习都不值得我冒这个险，没有东西值得。"

泰咆哮："但在我老爸病得太重以前，带他去爱尔兰一趟却很值得。所以，别抱怨了。"

看看你的手机，你爸妈会很感激的。

什么，又要扯到老爸老妈？我检查手机，发现里面有很长的信息。那是精神科医师问诊的记录，就是我在疗程中滔滔不绝地说话时、她敲进那台该死电脑里的资料，包括那晚我在车内播放了哪些类型的音乐等细节。她的记录信息量大到令我诧异。我自以为聪明，企图把医师的注意力从车库事件移开，所以故意跟医师说我在西妮身边感觉自己多么像个隐形人，甚至提到我和杰森·沃克调情时，他曾错把我叫成西妮的事。除此之外，还有很多很伤自尊的内容。天哪，我什么都跟那个精神科医师说了吗？我那时签过厚厚的一堆隐私表格。更糟的是，第二则信息是精神科医师与老爸老妈谈话的详细内容，包括他们从何时起便没有亲密关系……噢，不，如果这些事情泄露出去，他们一定会很头大。

我望向屏幕，原本在阅读手机内容的伊恩也抬起头来，双眼像是被什么东西附身了。

如果你们闭上嘴巴，我们也会闭上嘴巴。

我停止喊叫。

那么，现在，每位玩家都要拿起自己的枪。不拿的话，我们会把枪给予指定的玩家。

米奇率先拿起她的枪，接着每个人都照做，唯独我没有。

我清了清喉咙："这不值得。我们就喝喝啤酒鬼混一下，这样还是可以安全地结束这个任务。"

伊恩看向我，眉眼之间出现一道皱纹："拿枪，薇。"哇，他们掌握到的他的丑闻一定比我家人的那些废话更糟。或者，"试胆任务"提供他另一个额外奖赏？可是有什么值得他这么做呢？我好想进入他的脑袋，看看是什么在推动他。

思绪一专注在面前那把闪亮的黑色武器上，一股战栗便沿着我的背部往下跑，我口干舌燥："这太疯狂了。"

伊恩的视线绕着桌子看向其他人："对，没错。但如果你不拿枪，你会毫无防备。"

尽管觉得自己每口呼吸都在崩溃哀号的边缘，我仍强迫自己张开颤抖的双唇："不拿枪可能比拿枪还要安全。即使是这些人好了，也不会对一个没有防备的人开枪。"

米奇咂了咂嘴："当然不会。"

你有三十秒的时间可以做决定。

盖尔的声音透过喇叭低语："放聪明点儿，薇。"

现在才要我聪明点儿，已经太迟了。

屏幕上有一个时钟开始嘀嗒作响。我环顾整个儿房间。米奇和泰抚摸着枪，宛如那是他们的宠物。连萨姆尔拿枪的手势都很驾轻就熟，令我诧异。一定是那些电动教会他的。丹妮埃拉和珍把枪放在大腿上，紧抓着椅子的扶手。

时钟显示还剩下二十秒。

"你不用拿枪对着谁，收下来就好。"伊恩说。

"他们就是这样一小步一小步地控制住你。"我轻声说道，不过每个人都听得到。

伊恩的声音很紧绷："没有人逼你开枪，但如果你拿了枪，那些人的手就会少摸到一把。"

米奇和泰瞪着我，大蟒蛇在等兔子似的虎视眈眈。或许我该拿枪，然后射击镜头。

剩下十秒。

一滴汗珠从伊恩的前额滚下来："薇，拜托，我没办法独自保护我们两个。"

我百般地不情愿，但又怎能毫无防御地坐在这里？剩下三秒时，我拿了枪。枪很重，油油的，感觉丝毫不假。我把枪放在腿上，至于裙子会不会因此被油弄脏，已经完全不是我在意的重点。米奇发出不满的声音，脸上挂着大大的冷笑。

好极了，各位！现在就放松地坐着观赏一段视频。珍，请打开粉红色橱柜，里面有看视频时可以享用的点心。

她站起来，疑惑地看着米奇，不确定要怎么拿她的枪。

"枪口朝下就好。"米奇说。

珍照她的话做，踮着脚尖走向柜子。我想象不出"试胆任务"对点心会有什么病态的点子，大概都是些有毒的东西，我们还没做过毒物挑战。

珍打开柜门，爆米花的奶油味随即飘散在空气中，令人作呕。

她拿出一个侧面贴有品牌名称的爆米花桶，放到桌上后又走了两趟，拿出几盒商标名也很清楚的糖果。赞助商真的认为这样会提高产品的销售量？蠢问题。

珍对着米奇唤道："这里有个冰箱，里面都是红牛饮料，要来一罐吗？宝贝？"

当然，米奇和稍早前狂饮啤酒的那几人分别拿了一罐。酒精加上咖啡因，制胜的组合。

只有泰和米奇伸手去拿爆米花，他们将满手的爆米花往嘴里塞。萨姆尔耸个肩，拿了一盒糖果。珍回到座位后，灯光转暗，面板上开始放映一段名叫《新手拿枪课》（*Gun Handing for Newbies*）的视频。

接下来的五分钟，我们都在学习如何替枪上弹匣，扳开击锤，往后拉开滑套，再用一只手或两只手持枪瞄准。每学到一项新知，我都抗拒着发出尖叫的冲动。我们会遭到枪击，血会往下流到排水管，留给下一批玩家一个干净的房间。我的膝盖抖动得好厉害，枪随时有可能从我的腿上掉下去。

伊恩握住我的手："这只是节目效果。他们只是想吓唬我们。"想？他自己也脸色发白，我能感觉到他的手传来的脉搏。

各位，我们很快就会进展到好玩的部分，但首先要进行一点儿清理作业。有人得为先前挑战中的反应得到惩罚。

真的假的？还有什么能比这个更糟糕？这句话才闪过脑袋，我就想踢自己一脚。这是那种你问了就会后悔的问题。

在米奇的欢呼声中，一扇我们刚才进行个别挑战的门后，传来说话的声音。镶板啪地打开，两个戴着眼罩的人步履不稳地走了进来。

当我意识到加入的人是谁时，腿上的枪瞬间好像变重了五千克。

汤米和西妮。

第十七章

快跑！

———————

我的心情直往下沉，人却跳了起来："你们两个，趁现在还来得及，赶快回去！"

他们扯下眼罩，茫然地对着灯光眨眨眼，刚刚跨过的门缓缓地自动关上。

我指着门跑向他们："快跑！"

他们露出紧张的神情，在我和门之间来回摆头，但门已"咔啦"一声关上。米奇和泰原本站了起来，大概是要阻止我逃跑，现在又带着自鸣得意的表情坐回去。

西妮用一种我从未在她脸上看过的迷惘眨着眼睛，直到瞧见我手上晃荡的枪械时，她才猛地从困惑转变成震惊："那不是真枪吧，是吗？"

我把武器塞在背后："我不知道。"

汤米带着厌恶和好奇环顾室内。他看着我，用那种我早跟你说了的方式嘟起嘴巴，摇着头。其他的玩家仍坐在位置上，有些人嘎吱嘎吱地嚼着爆米花，把我和我的朋友当成新节目在观赏。

小西趾高气扬地走上前来，站到离我只有几厘米的地方，眼神直望进我的眼底："你玩这个游戏也玩得太过头了。在他们让你出现幻觉，以为自己吸入二氧化碳的废气之后，你怎么还不退出？该死，薇。"她抓住我的手臂，拉着我朝他们刚进来的门走去。

我跟在她的高傲后面走："你们看到了多少？我请你们打电话报警的事你们知道吗？还是你们认为那是幻觉的一部分？"

她不理我，只是敲敲门："好了，现在让我们出去。"

面板亮起，发出哔声，她扭着脖子往后仰，看着头顶上那一面屏幕。我一只手放在她的身后好撑住她，因为上头的信息肯定会让她爆炸。

门上有计时器，三十分钟后才会打开，但若发生紧急事件，情况自然另当别论。玩家可以告诉你饮料放在哪里。请自便。

西妮拍墙："我不要自便。还有，喂，枪就是紧急事件。"

她摸索着门旁那几乎隐形的缝隙，试着用手指扳开门，但徒劳无功。她又跑到主要的那扇门，试着转动门把。

当门把也没有用时，她敲门大喊："你们说薇已经失去理智，我和汤米应该过来接她。现在我们来了，让我们出去，不然我会打电话给我爸，他是律师。"

米奇哈哈大笑，问其他玩家还要不要再来一瓶啤酒，从我们身旁走过时，还假装踩着高跟鞋昂首阔步地走着。

小西抽出她的手机，发现没有信号时咒骂了一声。她大步走向杵在游戏室中央的我："你的手机给我。"

胸口感觉好沉重，这就是我的处罚，让我陷入险境或是吓坏我爸妈还不够。"试胆任务"又玩弄起我的罪恶感,而这对摩羯座来说太简单了,更何况我的罪恶感早在头奖回合前就濒临崩溃。想到朋友被我拖累,一同陷入这个他们还不了解的地狱,我就觉得难以忍受。如果他们发生了什么事……

我垂着头:"我们之中没人的手机打得通,没人会被救,也没人会挨告。在我们还能娱乐窥视人的时候都是如此。现在他们给我们一人一支枪,还让我们看一段训练视频。我很抱歉我把你们拖进来。"

汤米的脸变得僵硬,对着从双人座上起身、从咖啡桌后走出来的伊恩大吼:"都是你的错,你这个卑鄙小人!"他往前踏出一步。

伊恩的枪保持在身侧,双眼却透露出愤怒:"你不会想再靠近。"

我冲到汤米的前面,伸出一只手:"你没有看任务吗?只要我们还被困在这里,有伊恩罩我们就是很幸运的。"

汤米大声呼气,向我推进:"你说这是在罩你?你要是自己一个人,绝不会进来这里。"

我用手掌抵住他的胸膛。令人惊讶的是,他的胸膛和伊恩的一样结实:"没有人拿枪对着我的头,还没有。伊恩和我同样困在这个恐怖的头奖回合中,不幸的是,现在你和西妮也是。噢,天啊,我真希望你们两个没来。"

西妮双手放在屁股上,和第一幕第二场中的姿势如出一辙:"现在后悔也有点儿来不及了。"

"你们如果想要帮我,为什么不打电话报警?"我问。

她恼怒地喷着气:"报警?为了一场游戏?每个人都知道这只是

精心设计过的布局。"

现在轮到我光火了："你们信了？"我看着汤米，他应该很清楚。

他的脸颊红了："科罗拉多的头奖挑战是去跳伞，所有的降落伞都打开了。你们的恐惧是被刻意制造出来的。"

"相信我，人造恐惧感觉起来和自然的没有任何不同。"我叹气，"我们全被玩弄于股掌之上。"

他把我推开，走向伊恩。"这个嘛，你的伙伴可没给你什么帮助。他就像是个网络男妓。我在几个肮脏网站上找到一些影像，我认为应该就是他没错。等我用脸部辨识软件确认你就知道了。"汤米抽出他的手机，转向我，"哪，我弄给你看。"

我一把抓住那部手机："我以为你没有信号，报警，现在！"

米奇和泰从位子上一跃而起，但汤米把手机紧握在胸前，双眼暴凸："我的手机没有信号，我之前就下载了视频。"他点击了某样东西，然后把手机高举在我面前。

伊恩的脖子红了："鬼话连篇！"

一段打光微弱的视频显示出几个衣不蔽体的人在摔跤或做别的什么，我推开手机："现在不是看这些诡异视频的时候。"

汤米没有关掉视频："你必须知道你和什么样的人搭档，还有你能信任谁。"

米奇纵声大笑，从她的椅子往后窥看："怎么？处女受不了 A片吗？"

墙上的面板发出哔哔声，吸引了我们的视线。

闲聊到此结束，现在要进行下一个任务：把枪对着自己所选的受害者，或是任何一个新来的人。

西妮踮起脚，高跟鞋跟离地足足有两厘米半："这是怎么回——"

一声尖叫从我的双唇之间蹿出，血液好像全蒸发掉了。这就是我走向死亡的方式吗？还是我害朋友死掉的方式？观众真的想看这个吗？我的喉咙好紧。为什么我在公演结束后不留下来等爸妈？我要是个乖女儿就会那么做。米奇和泰转过身，用椅背支撑着手臂。米奇双手持枪瞄准我，泰用单手，但直直对着伊恩，十分笃定。

枪筒的洞凝视着我和伊恩，眨也不眨一下。

萨姆尔深吸一大口气，也举起他的枪："对不起，薇，我保证我绝对不会扣下扳机。"

"听你这样说，还真是让我好过多了。"我的声音提高了八度，我考虑要不要跑向厕所寻求掩护，顺便带朋友一起进去，可惜门没办法上锁。

"拿起你的枪。"泰对丹妮埃拉说。

她交抱双臂："我不确定要不要，这已经变得太可怕了。"

泰的下巴缩紧："我还以为你没这么胆小。"

她缓缓转向我们，咬着下唇，然后以双手举枪，一只手放在枪柄上，另一只手在枪管下。拜视频教学之赐，我现在了懂了这些术语，但这会是我最后学到的知识吗？

丹妮埃拉抽噎着，用一只肩擦拭脸颊。手镯跟着她的动作晃啊晃的，我的五脏六腑也跟着翻腾。

"这样就好。"泰说。

米奇在珍的耳旁低语，咬了咬她的耳垂，珍叹口气，也拿起她的枪。对着我和伊恩的枪管又各多了一支。

我转向伊恩，他的脖子上有一条鼓起的血管。缓缓地，他也举起枪对着泰。

室内变得鸦雀无声，连头顶上灯管发出的嗡嗡声响都清晰可闻。

我只希望自己能融化到地毯里去。虽然感觉很讨厌，但我需要思考。"西妮和汤米，这不是你们的战斗。"我指向大门，"过去站在那里。"

我绕过桌子回到我的双人座，和我指引汤米和西妮去的方向刚好是房间的两端。

但他们跟着我走。

我转过头说："不要，你们只是让这些混账有更大的目标，我知道你们的脑子够聪明，明白这个道理。"

汤米倾身低语："也聪明到在来这里以前先报了警，警察迟早会到这层楼来，我们只要拖延时间就好。"

我大大松了口气，忽然好想唱歌。"试胆任务"听到他说的话了吗？我不确定他们是听到比较好，还是没听到比较好。我低语道："我早该知道。你太棒了，汤米。现在，拜托你们过去站在那里不要动。我答应你，等我们离开这里后，我会检查所有你要我看的视频。"

他抓住西妮的手臂，试着把她往那个方向推，但当然是白费力气。西妮挣脱汤米，双手放在我的肩上，似是浑然不觉自己正在其他人的瞄准镜内。

她双眼濡湿，不过没有弄花她的妆："薇，即使你今晚表现得比贱人还不如，我来这里是要帮你，不是要在角落里缩成一团。"

"你知道吗？小西？你说得对，我表现得很糟，也会设法补偿你。但如果你真的想帮我，那么拜托不要挡路。真的。拜托，拜托，拜托你为了我，过去那边。"

她一动也不动。当她硬是要支持我时，我要怎么才能让她保护自己呢？

灯光变暗了。

我把她推向门口："去吧，在他们关掉灯、你站在交叉火线间以前快去，否则你对谁都没有帮助。"

她抖了一下，分不清是恐惧还是沮丧的颤抖。

终于，她的脑子恢复理智，踩着沉重的步伐离开。汤米跟在她的身后，回头看着我和伊恩。

我走向双人座，途中撞到了那张蠢咖啡桌，令它哀号一声，开始摇晃。萨姆尔伸出空的一只手让桌子停下来，拿枪的手臂则仍指着我。我没有坐下，相反地，我走到双人座的后面蹲下，和其他人一样利用椅背持枪。轻薄的椅背垫大概挡不下子弹，但躲在掩体后面让我感觉好些。我越过椅背，把枪瞄准米奇，她一边用枪对着我，一边发出冷笑。我简直无法相信，自己竟拿着武器对着另一个人类。

伊恩仍站在房间中央，没有任何掩护。当灯光越来越暗时，他也绕过桌子走到萨姆尔的双人座后。为什么我没想到让汤米和西妮躲在那里，好让他们至少得到一些遮蔽？今晚我真是用尽各种方式让我在乎的人失望透顶。我的朋友缩挤在靠近门的地方，看起来是那么脆弱。

尽管其他玩家大概不愿承认伊恩和我的想法是对的，但咖啡桌对面的两对情侣还是从他们的椅子上下来，和我们一样躲到双人座后。我确定萨姆尔也想要到他的座位后面，可是那里已经被伊恩占用了，所以他很快地绕过桌子，和丹妮埃拉以及泰一起到他们的座位后面。现在我们就像两队士兵，五个对两个，隔着我们的双人座，越过咖啡桌这个中心线瞄准对方。

我们就位只花了一分钟，但"试胆任务"一定已经被我们弄得很不耐烦。哔哔声又响起了。

扳开枪上的击锤。

为避免我们忘记视频内容，面板播放了扳开击锤的动画。

我的胃往下沉。为了阻止两条大腿抖动个不停，我把它们紧夹在一起，说道："你们真以为自己脱得了身？如果这些枪有子弹，我们有人中枪，你们的任务就永远结束了。"

不会结束，但会是则好广告。这几个字在房间对面、面向伊恩和我的屏幕上很快地跑过去，我们右边的那一面却没有。西妮和汤米扭过头去看我看到的信息，但我想他们的动作不够快，来不及看到。

我对着镜头说话："你们在开玩笑吗？即使没有人找得到你们，以后谁还想要玩你们的游戏？"

其他的玩家看起来一脸茫然。我头上的面板——也就是面对他们的那一个——坏了吗？

我对面的面板快速地闪着：**想赢得奖品的人永远会玩。**

我脑中一个黑暗的角落知道他们说得没错，不论我多么希望事情不是这样。看看我为了赢得时尚学校的奖学金，今晚都做了些什么。

尽管说服不了"试胆任务"，或许我还能在其他玩家身上找到一点儿逻辑。他们听到我一个人自言自语，大概以为我已失去理智。

"别这样，各位，我们停下来吧。他们要我们互相开枪，好被他们拿去做广告，你们以为我夸大其词吗？看看桌子底下的地毯，中心的部分，那是个排水孔，知道那是干吗用的吗？是为了把我们的血从这个房间冲走。"

米奇嗤笑着说："才不是，那大概是用来冲掉尿尿的，因为像你这种小宝贝会吓得弄湿裤子。"

她用拇指揉搓枪背，弄出响亮的咔啦声。珍闭上眼睛好一会儿，然后避开我的视线，也扳开她的击锤。泰做了同样的事，伊恩也是。咔啦，咔啦，咔啦。

泰对丹妮埃拉扬起眉毛："你还在等什么？"

"这些枪有子弹吗？"她喊道。

你们以为呢？现在所有的面板都恢复运作，今晚是不是有些信息是其他人看到但我没看到的呢？

珍的双肩抖动着："我没有用过枪，万一它发射了怎么办？"

泰沉下脸："除非你扣下扳机，否则子弹不会发射，白痴，扳开击锤只是把双动模式变成单动模式。"

萨姆尔又说："也要是真的子弹才会出问题。"

什么？他仍然相信这些枪不是致命武器？我们的观众是怎么想

的呢？还没有警察冲进来救我们。每个人真的都相信这是漆弹之类的大型游戏吗？虽然会有一点儿瘀伤，仍可安全地从这里走出去？那些盯着我们瞧的虐待狂一定希望这些是真枪。至少我的朋友会看得惊恐万分，而且感觉很绝望，因为没有人知道我们在哪里。

我不记得视频对双动模式和子弹上膛说了些什么，不过我知道扳开击锤就朝开枪更近一步。丹妮埃拉也知道这一点，睫毛膏沿着她的双颊流下。然而，搞砸头奖的话，她有可能成为下一个受害者，在这股恐惧的控制之下，她终究还是扳开了击锤。

"薇？"伊恩说。

我和丹妮埃拉有同样的感受，怎么也不想去碰击锤，不想在又少一层保护措施的情况下瞄准一个人。然而，若真发生了什么疯狂的事，我有必要保护自己和我的朋友。我屏住呼吸，大拇指在枪后那个节状的凸出物上弹了一下，咔啦。

米奇的上唇闪着先前所没有的光泽，很好。我的眼前出现一片红雾，视线开始模糊不清。

"我们要维持这个样子多久？"珍用刺耳的声音大声问道。

"试胆任务"没有回应。

伊恩说："游戏只要我们扳开击锤，没有说要扳开多久。我们已经完成这部分的挑战，所以现在就按下击锤降下杆，在发生任何蠢事以前放低武器。"

萨姆尔点头。我真希望他能说点儿什么。

我们期待"试胆任务"会插话，所以每个人都看着屏幕。

伊恩的注意力放在桌子对面的玩家："我数到三，我们同时按下去如何？趁早罢手，以免发生令我们后悔莫及的事。"

他吸了口气："一。"

珍对着米奇扬起眉毛，但米奇的眼神始终定在我身上。

"二。"

汗沿着我的脊椎往下滴。房间里很静，没有音乐，连椅子的吱吱声都没有。

伊恩深呼吸。我们会是唯一降下击锤的人吗？我的呼吸是如此缓慢，随时都会失去意识。

"三。"

我的大拇指移到击锤降下杆，但在按下去前，世界突然陷入一片黑暗。房间里的灯熄了，闪光灯频频闪烁，大家尖叫，枪响。

第十八章

在这个邪恶的房间被打开以前，
观众会不会得知我们的命运?

————

　　我本能地压低身子。金属枪身又重又滑，不过我让它撑在椅背上，保持在高过头部的地方。胸腔里，心脏怦怦跳得像是要逃出去，随着听觉逐渐恢复，我发现房间里响起类似方块舞那种有拨弦声的音乐。咿，呵。这真是种心理变态的玩笑。

　　右手臂很僵硬，几乎麻木了。我缓缓把枪放到地上，一心只想扔了它，但我可能需要用它来保护自己不受其他人的伤害。我知道即使是在黑暗中，那些人的枪也一定朝着我的方向瞄准。

　　"大家都没事吗？"我用柔和的声音问房间里所有的人，不想惊吓到谁而引发更多枪响。

　　伊恩的声音从左边传来："我没事。"

　　我提高音量，盖过班卓琴的声音："汤米？小西？"

　　远端一角传来窸窸声响，然后西妮那总是清澈如水晶的声音说道："我们没事。"

　　我放松地呼出一口气。

　　"你不问问我们吗？"米奇用一种歌唱般的声音问道。

"我知道你们会活下来，毕竟我又没有开枪。"

她发出不满的声音："你没有才怪，不然就是你的漂亮男孩对我们开枪。"

伊恩移动身体的声音传来："我没有。不是每个人都无法控制扣扳机的手指。"

泰哈哈笑道："她才不是那个意思。"

萨姆尔似乎是几小时内第一次开口："有五枪，我没有开枪，声音也不是从我旁边发出来的，所以一定是你们两位。"

伊恩的声音充满怒气："我的枪是冷的，你想过来检查看看吗？"

米奇不令人意外地补上一句："早知道他神勇不起来，和他冷感的女友很速配。"天啊，这个女孩什么都要扯到性吗？为什么她不干脆承认自己吓坏了，所以扣下扳机？除非……我打了个愤怒的哆嗦，意识到另一种可能性。

我清了清喉咙，好让自己接下来说的话和西妮的声音一样清晰："或许是'试胆任务'开了那些枪。他们可能对着通风孔注入火药的味道，再配上枪响的录音。不论如何，他们想把我们吓到扣下扳机。你们还不明白吗？这可是最后一回合。"

每个人都静默了一会儿。在某种程度上，他们一定了解我说的情况是有可能的。

伊恩说："在黑暗之中，加上闪烁的灯光，我们没办法分辨谁开了枪，谁没有开枪。"

珍抽噎着说："一群混账。开灯，现在！你们的观众在黑暗中又看不到我们。"我没有想到她是会哭的类型。话又说回来，我也没想到自己会拿枪。

"有尿骚味。"泰说。

在爆竹和爆米花的气味之中，那股淡淡的气味是氨水？

"试胆任务"一定在玩某种光线的把戏。虽然头顶上看不到有光，我却开始辨识出自己的两条手臂。我坐起来，主要是为了远离肮脏的地毯，但也是为了窥看在半黑之中逐渐现身的形影，包括双人座和那些回望着我的、一个个动来动去的脑袋。咖啡桌隐形了，不过还看得到从天花板垂下来的粗厚钢索。

好吧，没有借口，你们现在得重新瞄准。还有，说得清楚点儿，任务的最后二十分钟，你们都必须瞄准目标。

我记得上个月看的头奖最后回合，是让几个青少年站在屋顶边缘。当时我相信底下一定有网子。当玩家颤抖的时候，"试胆任务"不断重播前几场挑战的高潮片段。他们现在也一定是这样对付我们，全都是虐待狂的娱乐。

我的瞳孔开始扩散，看到泰从他的双人座掩体之后站了起来，不过枪仍朝着伊恩的方向瞄准。他用气音对丹妮埃拉说了些什么，丹妮埃拉便缓缓过去和他在一起。

珍和米奇仍用武器对着我，唔，应该说是对着我的双人座，与之前一样。萨姆尔也是。伊恩抬高他的枪瞄准着泰。

我握枪的手搁在大腿上，思考着该怎么办才好。我的手指抚过枪身，找到击锤降下杆。该把它按下去吗？我必须保护自己。"试胆任务"没有要求我们让枪的击锤一直处于扳开的状态，但我想一定没有人降下击锤。我们其实没有选择，不是吗？要想保护自己和朋友，我就必须成为这个病态任务中的战士。我抬高身体，双膝跪在地上，越过椅子瞄准目标。

我们静候着。灯光再度变得微弱，音乐的声音没了，原本听不见的声音，像是电流的嗡嗡声、楼上水管的流水声、急促的呼吸声，还有移动身体的声音，都变得清晰无比。黑暗是不可穿透的，有如一头碰触到我的眼睛、鼻子、嘴巴的生物。我想猛地甩掉它，却被它牢牢抓住。我觉得胸廓快要爆开，好释放狂暴抽动的心脏。我开始打嗝，控制不了自己的呼吸，也控制不了自己发出的声音。分隔物的对面有人笑了，是米奇。

伊恩移动到他的双人座最靠近我的一端，耳语道："低下头一分钟，专注、缓慢地呼吸。"

我照他说的去做，但仍持枪瞄准目标。我不在乎这该死的挑战，只是米奇若开了枪，我势必要回击。我深呼吸。过了一分钟，我想我的理智回来了。不过头却开始抽痛，只好缩回一只手，揉揉太阳穴。这全都是一场恐怖的幻想，对吧？我试着想象自己身在别处。

科学老师上过的一堂量子物理课忽然浮现脑海。和猫有关，薛定谔的猫。那是一个关于事件在真正发生以前，又或是被人目击以前，都只存在于或然率范畴内的故事。有位名叫薛定谔的科学家宣称，当他的猫在箱子里时，没有人能确知它是活是死，只有等到打开箱子的那一刻才会发现真相。现在我也纳闷，在这个邪恶的房间被打开以前，观众会不会得知我们的命运。

不，别想这个了，我要想些能够缓和胸腔内失控跳动的事。我们周遭的黑暗可以是任何地方、任何时间，我可能活着，也可能死了。好吧，我选择活着。置身在黑暗中时，我把黑暗当成无月之夜里一床柔软的毯子，而我则在一个温暖且窝心的男孩附近十几厘米处休憩。我告诉自己，当他抱着我的时候，他的心是随着热情而非恐惧跳动着。

我几乎让自己相信了这个浪漫的幻想时，隐约的光线再度出现，对面仍有三把枪对着我。幻想结束，我不禁泪水盈眶，腹部有一种无望的沉重感。

令我更无力的是，当西妮发出戏剧性的叹息，说"好吧，大约过了四分钟，该换场景了。我相信我们可以做些比在黑暗中拿枪瞄准更有趣的事"时，声音中有股我从未听过的颤抖。

我希望她安静点儿，但她什么时候静静忍受过了？

泰冷哼一声："欢迎你过来坐在这里，让我知道你的心里有何想法，我还有一只手没事可做。"

小西和汤米那个角落传来慌乱的低语。

我的感觉像是被虫子爬满了全身："待在原地，小西。"我唤道。要不是会造成几把枪改变瞄准目标，我会过去把她扑倒。

"你叫什么名字？"她说。

"泰，就像说'太——'爽了一样！"

我坐直身躯："小西，你别想走过来。"

不管小西想怎么改变这个任务，这可比学校话剧重大得多。她无法单凭魅力找到退路，也保护不了我。想到泰肥硕的手指放到她的身上就令我作呕。丹妮埃拉又怎么说呢？她可能会吃醋，然后发现一枪在手毕竟还是有好处的。

米奇发着牢骚："天啊，处女受害者的朋友比这个处女更讨人厌，或许我们该改变目标。"

我开口："对啊，我早就知道你会瞄准手无寸铁之人，但别忘了谁的武器会指着你的头。"

我无法相信自己会说出这样的话来，不过米奇的枪口仍对着我，没有转向西妮。我讨厌小西到这里来，讨厌她如此毫无防御能力。我勇敢、固执的死党，她穿着那件愚蠢的马甲这么久，背一定在痛了。

我抹抹眼睛："小西，你就和汤米待在一起，好吗？"汤米应该跟她说了报警的事，对吧？除非汤米担心小西会在戏剧性的一刻脱口而出。

汤米说："看起来我们也该有武器才对。"

不！他在想什么啊？特别是警察随时会抵达。或者他指望的就是这一点？他的要求只是在假装强悍？他想给谁留下深刻印象？观众才不值得他这么做。

我对他说："这里没有那么多枪，也不需要有人替这个病态的节目再加什么料。"

一股刺痛从右臂往下蹿，可能是枪拿太久了。我不晓得我还能握住这把油滑的武器几分钟。还剩下多少时间？十五分钟？如果我累了，其他人呢？只要那些闪光灯再闪，或是再来一次巨响，就可能吓到某个人扣下扳机。我们越是疲劳，越容易犯错。

房间又变成伸手不见五指的漆黑。

我对伊恩耳语："我们必须尽快结束这个情况。"趁大家的手臂还没有因为酸痛而抽筋，趁西妮还没有和泰一起搅和出一堆麻烦，趁"试胆任务"还没有用什么新招把我们推向崩溃边缘。我毫不怀疑他们会这么做。

伊恩耳语道："我在拟一个计策。"

我问："什么计策？趴在地上、期望出现最好的结果？"我无意让语气这么暴躁，但绝望会带出每个人最坏的一面。

他咕哝着说："我猜厕所里没有窗户，对吗？"

这就是他最好的计策？"当然没有。这个扭曲的剧场里没有一个地方有窗户。"说着说着，一些影像在我心里纷至杳来：舞台、观众、窗户、枪。我们是这个病态制作的演员，人渣窥视者则可能遍布世界各地，一边放松地饮用鸡尾酒、打赌，一边等待血淋淋的画面。

因为想象观众在看我们的演出，一个点子隐隐乍现，我的脉搏加速了。是什么呢？我摆脱不了自己就快想出什么的感觉，就像是用心灵之眼拿了一堆布料，把我的概念一针一线缝出来，最后变成一件衣服。思考。真希望能更清楚地检查这个环境，或许就能让其中一扇门打开。截至目前为止，我们看到了几个出口？九个？我眯起眼来，试着在黑暗中辨识物体。

"试胆任务"大概在用夜视镜头播放我们的特写画面，以为这样就能捕捉到我们的焦虑。这对他们来说是很兴奋的事。我敢打赌，最病态的观众最想要的，莫过于和我们一起待在这个房间里，就近嗅闻我们的恐惧。我想象看任务的人会为了我们的瘀血欢呼，仿佛这里是一座罗马竞技场，而坐在镀金宝座上的帝王正在观看眼前的厮杀。

我骤然停下，就是这个。

观众中必定有人要求得到最好的位置，某些人永远会做这种要求。我们左边墙上的镶板与其他墙壁不同。此外，它只有一扇门，就在角落里，而且是一道很一般的门，不像其他的墙壁有各种诡异且隐藏的出口。我和伊恩在头奖回合开始前走来这个房间时，曾在走廊上经过一排排的椅子，那些就是最前排的座位。

我猛然醒悟。外面走廊上的丝质挂帷不只是装饰；它是帘幕，是舞台上的大帘幕，现在想必为了这场变态的演出升了起来。还有，门旁那泛光的墙不是墙，而是单向窗。窥视人离我们一定只有几十厘米。我是如此确定，感觉就像他们正对着我的脖子吹气。

该把我的怀疑告诉伊恩吗？万一汤米说的事情是真的呢？伊恩可能为了要在网络上声名大噪而操纵我进行这个任务吗？或许米奇说"试胆任务"安插了一个暗桩时没有说错。不然他怎么负担得起私立学校的学费？连那么会看人的小西也认为他很可疑。或者她也有识人不清的时候？我既怀疑她的忠诚，又让她加入一个可能会被害死的阴险任务，选择我作为密友，她又多么会判断人的好坏？

今晚，伊恩一直是我的磐石。我要突围也需要有人帮助。汤米在那些恶心巴拉的网站上可能认错人了，就像他指望警察能及时赶到一样弄错了。他在网络上看到他想看的，并非事情的真相。不过他到底是我认识最聪明的人，真的有可能弄错吗？我拉扯自己的头发，没时间搞清楚了，我需要大胆行动。

我用一只手圈住嘴，把我的怀疑告诉伊恩，祈祷他会站在我这一边。

"太疯狂了。"他说，声调却暗示了他其实不大确定，"还有，就算那是真的好了，我们又能做什么？"至少他是轻声地问，而不是对大家广播我的想法。

我摇摇头，对他无法和我一样看清楚这个情况感到很沮丧，或者他是不想看清楚。他会出手阻拦吗？

我说："我们打穿窗户。"

他静默了一会儿："假设外面有人的话，开枪不是会射穿窗户并打中外面的人，就是会回弹。两者都让人无法接受。"

我不是那么确定观众不该被破窗而出的子弹击中，但我暂且接受这一点："那么用双人座对着那里砸过去呢？"

"双人座很重，又没有轮子。我想我们没法产生可以把双人座推穿墙壁的动能。"

除了啤酒瓶和爆米花的盒子，室内没有别的东西可丢，除非把其他的玩家也算进来。我可不介意把他们之中的两个丢出窗外。要是能抬起这张诡异的玻璃桌就好了。

我停止呼吸。

没有必要抬桌子。玻璃桌用钢索吊着，俨然就是枚飞弹。此外，玻璃桌的两端没有双人座，所以没有东西阻挡得了它。我对伊恩耳语。他起初抗拒这个想法，但他还能有什么选择呢？我们交换了几个如何能把计划付诸实现、其他人又不会对我们开枪的点子。理出一个听起来不至于行不通的计划后，一个小小的咔啦声传入耳里。

"什么声音?"我问。

"我把我的击锤扳回去了。"他说。

我的胸口一紧,感觉格外脆弱。他是对的,如果我们不小心在逃跑的过程中开枪射到别人,那么逃出去将不具任何意义。更何况"试胆任务"没有说我们不能把击锤扳回去。只要我们一直拿枪瞄准其他玩家,他们应该不会发出我们违反挑战诚信的信息,暴露我们的行动。我扳回我的击锤,不过枪口仍对着米奇的方向。

"准备好了吗?"他问。

没有时间慢吞吞。西妮随时会大步走向泰,惹怒他旁边的玩家。"试胆任务"可能会大声播放音乐,或是启动洒水装置,把某个人吓到扣下扳机。

我在伊恩的旁边站起来,说:"好戏上场了。"

他倾身靠向我:"我要先跟你说一件事。我不知道汤米在打手枪时剪辑了什么关于我的恶心视频,但那百分之百是假的。"

我没办法思索什么是真的,什么不是。汤米确实有能力创造出他想要的视频。不论伊恩在线上做了什么,反正都不重要,重要的是我们需要设法逃出这里,刻不容缓。不过我了解他对理清真相的渴望。

我耳语道:"我的真名是维纳斯(Venus)。只是想让你知道,以免……还有,你必须保护小西,不论如何。"

"我们会安然渡过危机的,维纳斯。"他把唇压在我的唇上。

我们会吗?小西和汤米会吗?只要能在后台看着西妮和马修的

舞台之吻，我在所不惜。他们要吻多久都可以，随他们高兴。

我深吸一口气。"好吧，开始。"我说，只盼能有时间让汤米和西妮也加入计划。

我们往右移动。伊恩小声地笑了起来，然后越笑越大声。即使这是在我的预期之内，仍让我打了个冷战。没有人开枪，到目前为止，一切都没问题。

"有什么事那么该死地好笑？"泰问。

"我们。"伊恩说，"我们表现得就像是黑暗中惊惶的小兔子。既然什么都不能做，为什么不给观众他们想看的节目呢？我们要是表现得不错，他们或许会给每个人更多的奖品。"他从我身边经过。

我一只手抓住他的上衣，另一只手继续瞄准米奇，和伊恩一同绕过双人座，撞击到桌子。伊恩捏捏我的手，然后放手，移动到桌子靠近敌人的那一侧，我则留在原地，伸手到空中，摸索连接玻璃桌的钢索。

希望在对面的伊恩也摸到了。如果他要背叛我，马上就会了。

"有谁想要荡一下秋千啊？"伊恩说，推了一下桌子。

米奇大喊："我们应该瞄准目标，白痴。"

我咬着牙，尽力维持声音中的兴高采烈："我们有的人可以边玩边瞄准。"

"你们在干吗？"小西问道。

我和伊恩同时拉住钢索："如果'试胆任务'对我们的表现很满意，或许他们会放你和汤米一马。"

沉重的玻璃在我和伊恩之间从一头晃到另一头。我把瞄准米奇的枪贴近胸口拿着，以免被钢索打到。

伊恩再度哈哈笑了起来："在我和薇爬上去荡这个东西以前，有人要先来一趟吗？"

萨姆尔用颤抖的声音说道："那些钢索可能支撑不了额外的重量。"

我发出牢骚："你是在说我胖吗？"

伊恩和我更用力推桌子，钢索发出爆裂声。

"最后机会。"伊恩喊道，"来吧，米奇，你和珍可以对大家示范这要怎么做。"就在他说话的时候，桌子轻触到了墙壁。希望没有人注意到。

"滚。"米奇说。

"试胆任务"会用某种方式飞扑而下阻止我们吗？或者我们做的事情很神秘，所以提高了窥视人的支持率，让产品赞助商感到很满意？

"再推。"伊恩轻声说道。

就是这一次了。计划若是失败，我也别无他策。没有别的方法能救我的朋友。我们对抗的事情是如此沉重，我的膝盖感觉好无力。它们开始弯曲，一如我为话剧试演的时候，一如我在咖啡店对自己倒水的时候，一如每次我成为别人注意焦点的时候。它们总是如此这般对我威胁恐吓。我努力站直，现在是我该坚强起来的时候。我需要好好表现，就这么一次！

当桌子朝我们荡回来的时候，我深吸一口气，振作起精神，全力扭着钢索。伊恩也会做这最后的一推吗？还是会把桌子猛拉到他那一边，暴露出他真正效忠的对象？

桌子飞出去了。在钢索的哭嚎声下，桌子撞上墙壁。我暗暗祈祷那里确确实实是一扇窗。

一声撕裂耳膜的撞击声响彻整个儿房间。然后，我听到整晚最悦耳的声音——观众在玻璃墙后的尖叫。

欢迎来到我们的节目，混账。

第十九章

现在就把枪对着另一个玩家，
否则每个人都会失去大奖！

─────────

"你们搞什么鬼？"米奇喊道。

"喔喔，糟了个糕。"伊恩说。

我尽可能在桌子晃回来时抓住钢索。我们再推一次，玻璃撞击玻璃，发出更多击穿的爆裂声。

枪声响起。我在闪光灯亮起、脑袋周围传来更多枪响时压低身子。枪声是真的吗？尖叫声肯定是的。

在闪光与闪光之间，一道稳定的光线从走廊洒进游戏室内。这就是前排窥视人想要的惊悚？我对这些观众涌起一股恨意。他们在这么近的地方徘徊，却不来救我们。

闪光停止了，但走廊上微弱的光线仍透了进来，让我们的任务变得简单些，同时也变得更难了点儿：我和伊恩总算看得清自己的行动，只是这下再也逃不过别人的眼睛。

泰从双人座后起身，他的枪在伊恩和我之间来回摆动："你们两个狗屎不如的东西在做什么？"

"做'试胆任务'叫我们去做的事。"我说，"你没有从手机上收到信息吗？"

伊恩和我抓住钢索，再推一次。纵使其他玩家还没完全意识到我们违反了挑战的诚信，"试胆任务"也一定知道，迟早会给我们另一个惩罚或是更糟的事。没必要再假装瞄准着谁了。我把枪塞到 T 恤背后的腰带里，用双手推桌。

桌子再度撞上离地约六十厘米高的墙壁，弄出一个大约三十厘米宽的洞。更多的光线，更多的尖叫。我希望桌子能一路冲进走廊，砸到那群没用的观众身上。听起来，他们现在正为了寻找掩护而四下奔跑。

上方的面板闪现着巨大的文字信息：违反诚信！现在就把枪对着另一个玩家，否则每个人都会失去大奖！一声长长的"叭"，如雷贯耳。

米奇跳了起来。她皱着眉头看墙上的洞，枪却仍指着我："他们又想逃了。在我们只剩八分钟就要赢得大奖的时候！"

应该是在杀人总决赛上只剩八分钟就会被杀吧。伊恩和我再次联手把桌子甩出去，然后他冲向我这一边。一大块玻璃从墙上落下，露出一个直径约四十五厘米的开口。

米奇喊道："住手！不然我会开枪。你们两个混账！"

伊恩抓住我这条钢索，虽然桌子歪向了一边，我们还是将它推送出去："我们连枪都没拿。你要冷血地对我们扣下扳机吗？"

我屏住呼吸。她会吗？

她满面怒容："我给你们最后一次机会，停止胡搞这张桌子，回来进行挑战。"

泰走到她的旁边："我也是。"

伊恩和我又推了一次歪掉的桌子，只是桌子撞上玻璃墙的力道比前几次要小。

我吞了口口水："我和伊恩没有拿武器，所以不管是你们还是'试胆任务'，都没办法说服全体观众，你们是在自卫的情况下对我们开枪。此外，汤米在来这里以前，已经打过电话报警。你们真的以为自己可以不受法律的制裁？"我朝珍和丹妮埃拉瞥了一眼，希望她们会改投好人阵营，但她们多多少少还是拿枪对着我和伊恩。

"你真的以为你们能够这样找我麻烦？"米奇从双人座后扑出来。

我飞快地沿着桌子跑远。她没有开枪，反而猛拉伊恩握着的钢索，不让桌子对玻璃造成更多损害。这是个提示，要我朝墙上的洞跑去。

伊恩跟在我身后，汤米和小西在我们旁边。

我对着洞口的边缘踢了一脚，又有一大块玻璃掉落。洞的开口高度比我的膝盖略高，大约有六十厘米宽，边缘锐利得像是能切割入骨。走廊上一个观众的呐喊声传来："快走！小混蛋们要跑出来了。"

当我对着洞口底部踢，另一大块玻璃应声剥落时，米奇扑向伊恩。西妮也在踹墙，但她的高跟鞋一点儿用也没有。汤米原本只是站在那里目瞪口呆，没想到却被泰一把制住，还发出令人头皮发麻的嘎吱声响。

汤米呻吟："住手！我们加入任务不是为了这个，你们现在就得停下来。"

该死，他和小西只是为了救我才加入任务。可是泰和"试胆任务"才不管那么多。

伊恩两条手臂抱住米奇的身子前后晃动她，将她的腿对着正要把汤米拉离墙壁的泰挥去。珍猛拉小西的头发，两人旋转着，开始像猫一样抓击对方。丹妮埃拉在附近没精打采地站着，双手覆在耳上。她在哭吗？只要她不攻击就好。

我对着玻璃墙又是一脚。伊恩还在甩动米奇，她的腿或是汤米的反击打中了泰的鼠蹊部，泰放开汤米，弯下腰跌到地上，身子缩成一团。

我对萨姆尔叫道："帮我。"我又弄下一大块玻璃，真希望自己穿了比较重的鞋子来。

萨姆尔摇摇头："不要要求我抛弃我的未来，薇。"

他是说真的吗？

"留下来才会没有未来，傻瓜。你不认为'试胆任务'会在接下来的五分钟丢来更恐怖的事物吗？要杀一个人只需要几秒钟。"

接下来的一脚，我用了更大的力气，踢下一块和萨姆尔的脸差不多大小的玻璃。现在这个洞直接连接到地板上了。泰开始直起身子，汤米虽然在他面前，看上去却不像是能阻挡得了谁。伊恩再度前后晃荡着米奇，让泰一时无法靠近我，不过也只能拖延个几秒，没时间了。

我尽可能拉长袖管遮住双臂保护双手，再四肢着地往外爬，尽量小心地压过其余的玻璃。破洞的上缘刮着我的外套，所幸厚厚的锦缎让我的背不至于割伤。我爬到人已走光的走廊，往右到底有一

扇紧闭的门扉，门后可能是个出口，又或是一间行刑室。往左则会
通达接待区，或许会有窥视人潜伏在那里，伺机攻击。

我还没拿定主意，有人忽然猛拉我的脚踝扭了我的腿，我翻了
个屁股着地，透过洞口，一眼瞧见了泰肿胀的脸，我的裙内风光完
全暴露在他眼前，但他直视着我的眼睛，双眼燃烧着怒火。从我这
边看过去，他脸部周遭的墙壁其实是扇大窗，以完美的焦点清楚显
现房间内部。窗户上方有几面屏幕，每面都展示着游戏室里各个镜
头所拍到的不同画面。

泰拉住一条腿，我就用另一条腿踢他的脸。他抽了口气，却
丝毫没有放松。我想再踢一次，但这回他已有所准备，反抓住我另
一脚的脚踝。他露出微笑，用沉重的胸膛把我的两脚压到塑胶地毯
上。在我这边的窗户墙上，玻璃碎片割穿丝袜插进我的大腿后方。

泰用他的两条前臂钳制住我的腿部下方："你知道，我可以整晚
躺在这里。或者把你拖回来也好。"

噢，天啊，被他从洞口拖回去一定会被割出长长的伤口。我
往右边伸展身体，试图抓住丝质的挂帷，但它如同窗帘般被拉到旁
边，我够不着。我又把一条手臂扭到身后，想要拿我的枪，偏偏它
被外套和裙子缠绕住，卡在腰里出不来。幸好放了手机的口袋在我
摔下来时移到我的腹部上方。我把手伸进口袋。我能快速地拨出911
吗？现在有信号了吗？

泰一定猜出我想做什么。他移动身体，重心移向膝盖，差点儿
压断我的脚踝。接着，他拉扯我的两腿，让我的屁股往房间滑动了
几厘米，更多玻璃擦伤我的双腿。虽然无法想象自己能及时拨出电

话，我还是在口袋里掏着。

就在这时，我的手指摸到了手机旁的一样东西——竞选徽章。噢，感谢上帝，我有吉米·卡特。

我抓住徽章，连停下来思考一下都没有，就啪地弄开它，直接拿针对着泰的脸颊戳下去。

我对他的前额和另一个脸颊连续戳击，他尖叫咒骂："你他妈的贱人！"

尽管踢他的脸时力道不够大，无法迫使他放开抓握，小小的徽章别针却更有力。趁泰捂着自己的双颊，我的两条腿抽离洞口，飞快地往后退，玻璃碎片在屁股下发出嘎吱嘎吱的声响，戳进我的手掌。我站起来、快快地检查双手，有一块破皮，左手大拇指的底部因此刺痛。不过大腿后面更痛，那里一定有五六处小的割伤。我很快地拂掉腿上的碎片。暂时没办法多做什么。

泰开始爬出洞口，他的脸因盛怒而扭曲，宽阔的肩膀却钻不过来，除非他不惜受到严重的伤害。

伊恩喊道："跑啊，薇！只要我们之中有一个人逃走，任务就结束了！"

尽管费尽全力才从游戏室里逃出来，我仍迟疑了一秒，想和伊恩、西妮还有汤米在一起，却不确定要怎么做才能如愿以偿。留他们在这里，感觉像是最糟的遗弃，但求助是我们最大的希望。

泰站起来踢洞口，弄掉了另一块玻璃："你死定了，贱人。"

我拔腿狂奔。

"我去找警察！"往左边的接待区冲过去时，我回头喊道。走廊似乎突然变暗了。撞到一堵墙时，我的肩膀发出痛苦的哀鸣。我抓住那个肩膀，在身后的重击声和咔啦咔啦声响的刺激下，脚步一刻不敢停歇。

一声枪响传来，一切瞬间被吓得没了声音。

不！不！不！

"贱人，你给我回来，接受你的下一个惩罚或任务叫你做的事，"米奇喊道，"不然下一颗子弹就会射中你的朋友。"

我的嘴巴变得好干。她会说到做到吗？她之前没有冷血地开枪，但现在的她显然被逼急了。

西妮大喊："去啊，薇！"

伊恩也说："任务已经结束了。"

是吗？如果我继续跑，米奇和泰会做什么？如果我回去的话，他们又会做什么？我的大脑告诉我，伊恩说得没错，但逃跑却像是弃他们于不顾。身后传来玻璃碎成片的声音。泰一定快要穿墙而过了。我在黑暗中挥动手臂，撞到一个有尖角的物体，是接待柜台。就快走出去了，然后我想起我的手机，我从口袋里胡乱摸出手机，带着希望喘着气。但只快速地一瞥，我便发出呻吟，还是没有信号。

不过手机屏幕倒是能作为照明用，我看到了大门，身后传来呼噜呼噜的声响和呐喊声，接着又是一声枪响。

噢，天啊！天啊！天啊！如果米奇做了什么过分的事，回头只会让情况变得更糟。我打开通往电梯前小入口区的门，虽然那里仍被设定成很有气氛的昏黄灯光，光线却照得我一时视线不清。前方有动静。左边的电梯满载着五六名窥视人，门正要关上。他们的衣服鲜艳多彩，脸色却苍白如纸。其中一个五十多岁、往后梳着油头、穿着定制皮夹克的男人，朝我抛来一个飞吻。

狗娘养的。我认出他是贞爱立约承诺人中的那个监护人，就是他把我和伊恩丢出去摔得四脚朝天。我抽出枪来，往前一扑，把枪塞进越来越窄的电梯门中那最后的几厘米缝隙。钢铁压到钢铁，窥视人往电梯内墙移动，齐声尖叫。节目已经不那么好玩了，对吧？

接着，电梯微微弹跳了一下，放弃挣扎，门开了。

我把枪瞄准对我抛飞吻的男人："你，把你的手机丢过来。"

他耸耸肩："我们把手机交给司机了。除了'试胆任务'自己的人以外，他们不要别人拍摄任务的视频赚钱。"

该死，我要强迫他们走出电梯，自己搭电梯下去找可能正在搜索这栋建筑物的警察吗？

没有那个时间，我心生一计。

我咽一口口水："好，那么出来，只有你。"

那个男人靠向电梯墙，交抱双臂，一腿伸在身前。他扬起嘴角微笑，真的微笑。混账。"你才不会对我开枪。"

我用一脚撑着电梯门，以免它们又要关上。我该逼别的人出来吗？他们全都一样活该，只不过这家伙得意扬扬的样子令我忍无可忍。

我稳稳地用枪瞄准着他："这些子弹是假的，对吧？所以为什么不开枪呢？不会有事的。"我扳下击锤。

他舔了舔嘴唇："好玩的地方有部分就在于不知道武器有多么真实，但我敢打赌你会拿枪做什么或不做什么，暴力不是你的性格。"

我点头："你真的想赌赌看我和几小时前是不是判若两人？如果我发现我的朋友受伤了，把枪对准你身上某个既私密又亲密的部位对我来说不是难事。所以，快点儿！"

他往下看着他的鼠蹊部，再带着笑容抬起眼来，让我心里的毛骨悚然指数爆表："不要威胁我，小女孩。"

"一。"我说，瞄准他的一个膝盖。

旁边一个矮胖的女人轻推他的手肘："就跟她去吧，'试胆任务'会搞定的，他们才不想失去最大的支持者。"

他的脸瞬间变得紫红："闭上你的肥嘴。"

"二。"我说，把瞄准镜移动到他腿上比较高的部位。电梯门开始关上，我往旁踢了一脚，让它再度弹开。

男人恶毒地瞪着我。

"很好。"我说，手指扣紧扳机，"三——"

"好，你这个小贱人。"他快速地大步走上前来，我好怕他会抢我的枪。

"慢一点儿！不然我现在就对你开枪。相信我，在我经历了那些事情后，开枪只会让我感觉很好。"令人惊讶的是，在这当下，我真的这么相信，他想必也从我的眼中看清了这个事实，因为他乖乖照办了。天啊，我变成什么人了？

当他离开电梯和面对着我的那些阴沉面容时，我往后退。我们面对面地站着，直到电梯门关上。他的皮肤很紧致，看起来像会定期去做脸的样子，身上那件休闲裤价值至少五百美元。钱那么多，却虚掷在变态的娱乐上。让他局促不安只会是件乐事。

"我们回那个房间去。"我说,"走。"

我让他走在我前面几步,由他打开那扇有装饰的门。里面仍然一片漆黑,但电梯附近的光让我辨识出泰的身影,他抓着一条胳臂,正在接待区踉跄地走着,一定是在黑暗中转过圈子。见到我们,他立刻扬起嘴角。我眯着眼,试着望进他身后走廊的黑暗之中,不过那里什么也没有。

我站在男人身后:"回去,泰,否则我会对这个人开枪,他是'试胆任务'的大客户,甚至在我们的一场挑战中担纲演出一个小角色。他如果受伤了,你就别想赢得任何奖品。"

泰嗤之以鼻:"你以为你在骗谁?"

男人挺直身躯:"你别想再前进一步。如果她对我开枪,你们全都要赔上一大笔钱。"

"可是——"泰结巴着说,"我的手臂——"

"现在。"男人说,显然很习惯下命令。

"谁中枪了?"我问。

"我才懒得去看。"泰说。混账。

我从男人的身后窥看,确定泰开始沿着走廊往回走。深色的液体顺着他的手臂滴下来。唔,他知道急救药品在哪里。喊叫和痛殴的声响从他的前方传来。

"接下来要怎样?公主?"男人问道。

"快点儿把门撑开。"我告诉他。我们需要光线。

他照办了。

"现在经过等待区,沿着走廊朝房间走回去。动作不要太快,但也不要拖着脚步。"

他大摇大摆地向前走，我保持在他身后几步的距离，枪对着他的屁股，并用手机照明。每走几步路，我就从他身后往前窥看，确定走廊上没有其他人。游戏室传出喊叫的声音。

"试胆任务"派援兵来了吗？

我大喊："小西，汤米，伊恩，你们还好吗？"

"我们没事，"西妮回喊，"只要精神病女孩不再对着天花板开枪就好。"

一口呼吸从我的胸中爆开。谢天谢地。到了游戏室时，我说："进去，泰。"

"为什么？我以为你要任务结束。"

"照做。"男人说。

泰钻进状似洞穴的玻璃开口。即使游戏室内的灯被关掉了，单向窗上的面板仍显示着不同的柔和绿色影像，证实我稍早的怀疑没有错，"试胆任务"果然用夜视镜头在拍摄我们。米奇和伊恩站起身，刚刚一定在地上扭打。他们把头歪向我的方向，似乎想要分辨走廊上的状况。

"怎么回事？"米奇蹲下来，让眼睛与洞口齐平。她为什么没有跟着泰出来？以为只要待在房间里，任务就还有可能继续吗？除了哈雷机车，他们又提供她什么奖品？一座斗犬场的所有权？

我的声音很冷硬："伊恩、汤米和西妮，快点儿出来。"

米奇直起身子，抢走珍的枪："我下一枪不会只是个警告而已。"我从上方的一面屏幕看到她瞄准小西。

男人开口说道："你们要是不照薇的指令去做，没有人能得到奖品。我可以确保这一点。"

泰的头从洞口钻出来："你是谁？'试胆任务'的老板之类的？"

"不是，不过他们会想让我开心，我可以向你保证。"

众人默然，毫无疑问都在等"试胆任务"确认这个男人说的话。但"试胆任务"大概正忙着组织军队而没空理会这里，所以面板仍聚焦在室内的玩家身上。

米奇瞄准小西，嗓音粗哑："看来没有人支持你的话，投资人先生，或许他们不在乎你会不会中枪。"

男人开始颤抖："可是我在乎，我有办法确保你们不会失去到手的奖品。"

室内传出动作和含糊的说话声。

泰朗声问道："你能怎么保证？"

"她要是对我开枪，我担保你们什么也得不到。如果她没有开枪，我一向会奖励协助我的人，一如会惩罚不协助我的人。"

米奇暴躁的声音提高了音量："枪在我们手上，或许'试胆任务'就要我们对你开枪，然后是处女和她的朋友。"她把枪转过来，透过墙上的洞口对着男人。

伊恩说："你嗑药了吗？凡是这个房间里发生的事都会播送出去，存在视频档里。你想一辈子待在铁窗后头，还是当个拿着视频，随时有可能去吃牢饭的贱人？"

我稳住枪管瞄准的位置："此外，我们会回击，而这会是自卫。不过这反正也不重要，走廊上没看到镜头，我是唯一一个没被拍到的人。"我的声音强硬，血管冷得像冰。

泰说："我不确定。"

"但我很确定。"我说，"我不玩了，我要给这个混账他活该承受的惩罚，同时让你们什么都赢不了。"

男人的身体一僵："我现在要掏出我的皮夹，里面都是现金和信用卡。拿去用。"他把取出的钱包放到地板上。

米奇瞪着墙上的洞，大概在计算能不能在我对男人或她开枪以前，冲出来打烂我的脑袋。虽然很想激她，我还是由她去思考。我想，她或许很恶毒，但还不笨。

然后，她的双肩一垮，放低她的枪："滚出去，白痴。"珍靠上前去要给她一个拥抱，却被米奇用肩膀甩开。

过了一会儿，汤米压低了头钻出洞口，后面跟着小西和伊恩。

在往外走以前，我对男人的皮夹比了比："拿出你的驾照。"

"为什么？你又不能用那个买东西。"

对，我不能，我也不会。想到要用这个卑鄙小人的现金去买东西，我就浑身不舒服。

我说："做就对了。"现在他会明白，隐私受到侵犯是什么感受。

他蹲跪着抽出驾照，再把钱包放回地上。手机和上方面板的光很有限，我无法确认那是不是他的驾照，或者是匿名变态团体的会员卡，但他必须知道，我不是在跟他开玩笑。他站起来，朝我递来驾照。

我才不可能靠那么近，给他机会打掉我手上的枪，我叫他递给汤米。为了用枪指着这个男人，我领头倒退着走出去，大家跟着大步走了出来。伊恩殿后，从后面用枪指着他。

到了电梯前，我踢掉门档，喊道："在我们离开这栋房子以前，有人先走的话，这个男人的屁股就会开花。"我告诉自己，没有人会因为屁股中枪而死。把门甩上时，我想象黑暗中有很多只手纷纷伸出去抢男人的皮夹。

伊恩伸手要按贵宾电梯的按钮，不过被我及时制止："整间贵宾室都被'试胆任务'占用了。如果他们派来后援，或是楼下的司机有武器，一定会从私人入口进来。"

伊恩按下"家务管理"的电梯按钮。当电梯铃声响起时，我们全都猛地挺直身躯，机警的眼睛等着看有没有人会往我们这边来。门开了，电梯里没人，感谢老天。即使我们现在是在一家舞厅里，我还是怀疑"试胆任务"会找狙击队在楼下埋伏。

朝电梯门走去时，男人问道："我身为人质的责任完成了吗？"

我停顿了一下。如果遇到"试胆任务"的人，这人会帮助我们发挥影响力吗？我不这么认为，不然他们应该已经来救他了。相反地，若是底下有警察，不论有没有被任务官方的人贿赂，我用枪拖着人质走，怎么看都不会是好事。

"你可以留在这上面。"我说。

我们进入电梯，我按了上面标示着"俱乐部"的按钮，暗自祈祷我们不需要密码才能下楼。门关上后，电梯开始往下。它一降下，西妮和伊恩便倒向我，我们三人拥抱在一起。能够逃离那间游戏室几乎不像是真的。其他玩家还要多久才会放弃，然后离开呢？

我越过小西的肩膀，瞥见汤米待在角落里，一脸的不自在。我对我的助手突然涌起一股同情，即使他之前在学校剧场的挑战中拍摄我，不过他现在来救我了，不是吗？西妮和伊恩一放开我，我就走向汤米，也给他一个拥抱。他似乎很惊讶，但用一种不会太尴尬的方式回抱。我失去平衡，一条手臂碰到他的身侧，突然感受到他的屁股附近有一股震动，我猛地抽走手臂。这是怎么回事？

汤米后退一步，把我推开，脸红红地垂眼看着自己的屁股。

我抓住他："你的手机可以通。我感觉到了。接电话！"

他的嘴角上扬，眼睛却没有："他们一定是刚刚开了手机的通信。"他用颤抖的手抽出口袋里的手机，阅读短信。

我检查自己的手机，发现上面仍然没有信号。我叫伊恩和小西也检查他们的手机，结果却都一样。只有汤米的手机例外，即使我们在电梯里。

"你为什么还不打电话报警？"我问。

他胡乱摸索着手机："啊，对，我会打。"

"拜托，按下三个号码是有多么困难？"他为什么这么迟疑？过去几小时的混乱似乎在我脑中安定下来，留下我之前没有注意到的清楚轨迹，"警察在哪里？汤米？你到底有没有报警？"

他凝视着手机："我当然有。他们一定是找错了地址之类的。全球定位系统不像大家想得那么精确。"

"可是你很精确。"今晚发生的一切仿佛透过水晶聚焦般地变得清晰锐利，就像是透过单面玻璃看着游戏室，"把你的手机给我，汤米。"

他戳着屏幕："我说了我会打。"

"你就迎合我一下。"

"迎合我。"他提高声音模仿我的话说，"你听起来像个话剧角色，在那些你得不到演出机会的戏里。"

"现在就把手机给我，汤米。"

"给她。"伊恩说，按着"关"的按钮，以免电梯门在这个时候打开。

"闭嘴。"汤米抹去前额的汗水，"薇，我来这里救你出去，你却不信任我？"

"我不知道你来这里要做什么，但你没和警察一起来就很蠢，愚蠢不是你的性格，汤米，大胆也不是，算计才是。我敢说就是你告诉'试胆任务'我为什么在生西妮的气，丽芙和依露伊永远也不会这样背叛我。还有，有多少人能告诉'试胆任务'我车内音响旋钮上的贴纸？你这个混账！"

他冷笑一声："说得好像我是今晚最混账的人。"他厌恶地摇着头。

我内心的火焰烧得炽热，忍不住使出陪西妮在忍者话剧中演练过的武打招数，踢出腿，扫过他的胯下。

当他弯下身子时，我从他手中抢过手机。上面满是"试胆任务"传给他的短信，证实了我的怀疑。

"王八蛋，你为了大屏幕电视背叛我？"

他抬起布满血丝的双眼看着我："去他的电视，我们家已经有三台，你不是唯一一个受够了老是待在后台的人。"

我尽可能站在靠近电梯门的地方，然后按下终结这一切的号码。当我告诉警察贵宾室里有枪时，汤米待在角落没有动。

"早跟你说了，他一派胡言。"伊恩说。

汤米拍打墙壁，怒视着伊恩："'试胆任务'选了你而不是我，只是因为他们知道你会让薇心碎。"

西妮把头偏向汤米："你也申请了加入任务？为什么没有人提到你有上传视频？"

汤米瞪了她一眼。

我差点儿没对他吐口水。只因为"试胆任务"挑了伊恩而不是他，他就把我整得这么惨？可悲！

伊恩让电梯门打开，一条没什么特色的走廊出现在我们面前。我把头钻出去，看到附近和远端各有一扇门，近的这扇传出鼓噪的重低音。我缩回电梯里，要求汤米把"试胆任务"投资者的驾照给我。他扔过来，我把驾照塞在口袋里，和小西以及伊恩一起跨出电梯，到了走廊上。

电梯门关上时，我越过肩膀说："任务结束了，汤米。"

第二十章

"今晚唯一的好事是你。"

———————

　　"哪一扇门？"伊恩问我。

　　这一次，连西妮也在等我做决定。

　　远端那扇门可能会是一个立即的出口，但也可能把我们直接送到一堆"试胆任务"的变态手上。谁知道警察还要多久才会出现？

　　我打开有音乐声的那扇门，门后是座高台，俯瞰着一个大舞池。我和伊恩对看一眼，很快地把枪塞进衣服里。

　　走下回旋梯时，群众对我们不理不睬。我们看上去大概不够盛装，不过就是几个偷溜进来的未成年青少年。他们也没有理会我磨损的外套和流血的手。到了舞池大厅，我从桌上拿了张纸巾，按压在伤口上。两条大腿上的擦伤只能稍后再做处理。我们在欢笑饮酒的人之间推挤擦撞，宛如这只是个典型的周六夜晚。我的注意力完全集中在出口标志上。

　　横越房间、走到一半时，一个女人指着我们的方向尖叫："嘿！是'试胆任务'的玩家！"

　　音乐立刻变得轻柔，每个人都转过来盯着我们。有个人胡乱摸索着他的手机，问道："你们在这里做什么？任务结束了吗？从你们在墙上砸出一个洞后，他们就一直在重播，那个洞砸得真是太精彩了！"

我转过身："你有看？"

"我们全都在看。"他往上指着一个大屏幕，上面正在播放泰和丹妮埃拉在小房间里的视频。因为夜视镜的关系，影像绿绿的，不过那反正也不是我想用全彩屏幕观看的内容。

我走到那个人的面前："你看到我们和枪一起困在那里？那你到底为什么不来救我们？"

"你们有制作人和员工的照顾，不是吗？"他用手机指着我，对他的朋友大喊，"哟，我早说了，他们在楼上的房间里。我完全认得那张桌子。"

周围的人全靠拢过来，想要把我们瞧得更仔细。他们喊出我们的名字，大声笑着。两个女孩要求我签名，她们的男友想把我举到空中，但被伊恩制止。

我全身僵硬。他们怎能表现得好像认识我们一样？难以理解！当我们就在上面几层楼为自己的生命安危提心吊胆时，他们明明就把我们当成另一种形式的娱乐，几乎不用动脑。

我甩开要把我拉向出口的伊恩和小西，在人潮和此起彼落的"嘿，薇！"之间，推挤着走到DJ旁边。上方的屏幕切换到伊恩的视频，他在一个小房间里，目不转睛地看着一段画质粗糙的视频。我只能辨识出有个高大的男人在打一个小男孩，还把他拖进一辆小货车里。镜头的角度回到伊恩身上，他独自在他的挑战室里观看影片，一脸饱受打击的表情。没有人会捏造这样的家庭录像带，不是吗？难怪他的奖品全和自由有关。

我转身凝视一旁真正的伊恩，他咽着口水，眨着眼睛。

"那个小男孩不是你吧？"

他摇摇头："但也差不多算是了。"

DJ露出大大的微笑欢迎我们："各位！我们今晚的贵宾到了这里。"他对着麦克风说话。

贵宾，是啊，对。我抢过麦克风，请他关掉音乐。因为我是个暂时的名人，他还真的照办了。人群转向我们，有些人则仍跟着脑中的音乐舞动身躯。

在协助过那么多场学校的演出之后，照理来说，我应该知道怎么使用麦克风，可是感觉还是很笨手笨脚。我对着麦克风吹气，确定它有声音，然后说："嗨，我是薇。"

"嘿，女孩！"十几个以上的夜店玩咖回喊。

我指向屏幕："刚刚，你们看我玩'试胆任务'的时候，大概以为那是种赢些酷奖励的趣味方式，但我们差点儿死在上头。这个任务是玩真的。不论你们做什么，下个月都不要申请加入，也不要收看。永远不要！"

除了几个人到吧台前点饮料聊天，其他人都盯着我看，有些人发出冷笑，有些人对着好友耳语，还有些人一脸困惑。我认出有个女人曾出现在保龄球馆，就是那个很像歌剧女伶的红色鬈发女子。她之前曾站在我们这一边，或许会劝劝她的朋友。然而，她却抽出手机对着我。她周围的人也是如此。整个儿房间的人纷纷对空伸高拿着手机的手臂，以求得到一个更理想的画面。

我差点儿就被杀了，他们的反应却是拍我的视频？

我只能克制着不要把麦克风丢向他们，不要突然哭出声来。

在这一刻，我忽然领悟到，那个每次拍下照片，你的一部分灵魂就会被偷走的迷思，并不全然虚构。我觉得我的灵魂被吸走了，进入数百个像是全知之眼的镜头里，而它们只想捕捉我的恐惧、我的愤怒和我的演出。

我站在那里，麻木，空洞，哑口无言。

DJ 又开了音乐。这次伊恩和小西推我往前走时，我没有异议。我们费力地穿越一大群人，他们朝我们大喊挑战的内容，要我们把手机号码、个人网页告诉他们，不然就是要我们为了另一张照片或另一段视频展颜一笑。人们猛扯我的外套，抓我的手臂，甚至拍打我的头，好像把我当成贵宾狗。在毫无预警的情况下，我的身体被翻腾的窥视人高高抬了起来。我猛烈地摆动四肢，尖叫着要他们把我放下，接着便被重重地摔到地上。有个男人揉着被我拍打到的下巴，骂我是个高傲的贱人。这是我今晚第几次听到这个字眼？我已经不在乎了。

混乱中，伊恩找到我，拉着我往出口走。当我们就快到时，门晃荡开来，两个警察走了进来，要求与经理谈话。虽然我先前那么希望他们出现，但想到要继续待在这个动物园里，就觉得难以消化。楼上也没有人了吧？如果他们还在，也只会继续喝剩下的啤酒。话又说回来，我至少该把"试胆任务"投资者的驾照和枪交给他们。我把手伸进口袋，却震惊地发现它们全都不翼而飞。是掉出来了吗？还是"试胆任务"找人扒走了？想到那些混账到现在还在下指令，我整个儿人颤抖了一下。这些警察是不是也收他们的钱办事？

伊恩和小西可能也有类似的想法。我们三个人踉跄地走入外头冰冷的空气，低着头冲向贵宾停车位。看到伊恩的富豪汽车没有遭人破坏，轮胎完好如初时，我有些惊讶。汤米的车已经不见踪影，我倒不怎么意外。

小西是搭汤米的车来的，所以现在只能和我们共乘富豪汽车离开。即使她是自己开车过来，也还没准备好要一个人独处。

然而，孤独感却朝我铺天盖地而来。今晚必定有数千人在看我们，其中的大多数从没想过玩家是活生生的、真正的人。一个窥视人朝车子跑来，重重拍打窗户，求我们让他再拍一张照片。我摇摇头，移开视线。他的尖叫声透过玻璃传进来："你他妈的以为自己是谁？"

我不知道。

伊恩又一次发挥出座驾绝佳的逃亡性能，甩掉了几个顽固的窥视人。然后我们在默然无语中行驶。似乎连西妮都在与内在的混乱搏斗，两条手臂紧紧地交抱胸前，在后座缩成一团。她因为被汤米带进最后的挑战所以生自己的气吗？明明很会识人的自己竟也会被耍？说到识人，我必须确切地了解伊恩。我并不真的相信他是"试胆任务"安插的暗桩，也不认为他是那种会用恶心视频寻求网络曝光率的人。但我能够信赖自己的判断吗？

我从眼角窥看他："我可以问你怎么有能力上私立学校吗？"

他猝不及防，不过仍点了个头，似乎明白我为何要问。他垮下双肩，说："助学金，还有，我外送了很多披萨，酷吧？"

我轻拂他的手臂："很遗憾你没有赢得自由。"

"见鬼了，会拿枪给玩家的任务大概不会让人真的自由。"

西妮清了清喉咙。我回头看她，她迅速地比着手语：他有话没说。

有什么告诉我她说得没错，伊恩今晚做的事在在证实他是个很棒的男生，不是吗？但万一那全是表演呢？万一就像汤米说的，他真正的挑战是让我心碎？

头好痛。我实在该打通电话给爸妈，可是我现在最想做的是封闭自己，重新取回一小部分失去的隐私。这趟车程接下来都没有人开口说话，直到我们抵达西妮家。

她下车后，我也跟着下去，低垂着头："我对这一切真的非常、非常抱歉。"

她叹了口气："我想我了解你为何会加入任务，重要的是，你救了我们。没事了。"

我抬起头来，车内的伊恩不可能听到我们的轻声细语，但西妮仍用手语比着：好姐妹。

我也回以同样的手语，并在外头等她进入大门后才转身离去。

伊恩要我送我回家，不过我叫他把车开去我在保龄球馆停车的地方。有部分的我固执地想用和开始时同样的方式结束今晚，换句话说，就是在我自己的掌控之下。

回到保龄球馆时，霓虹灯已经关了。没有贞爱立约承诺人，也不见窥视人的踪影。只有一个除了我的车和一辆破旧厢型车之外、几乎全空的停车场。

伊恩的双眼看起来比我们几小时前在这里碰面时要老了许多："我在后面跟着你的车送你回家如何？只是确定你平安到家？"

"你真的很体贴，可是你就像我一样累坏了。回家，明天再打电话给我。或者该说是今天，等我们先好好睡过一觉再说。"

他咧嘴一笑："我还没有你的手机号码。"

一大堆人看着我受到惊吓，知道我的胸罩尺寸，我的伙伴却连我的手机号码都不晓得。真是疯了！我们交换号码。

他靠过来，轻柔地给我一吻："今晚唯一的好事是你。"

我点个头，然后下车，很希望能相信他的话，但又无法排除他如此贴心是为了得到某种任务奖励的疑虑。或许有人正从那辆厢型车内拍摄我们。啊，如果走上偏执狂的路就是这般景况，那真是令人疲惫。我太累了，无法立刻驶离出口匝道。我想我早晚会发现伊恩真正的感觉。

等所有的输赢都成定局以后。

第二十一章

这是我给你们的挑战！

————

一个月后

我不是早起的鸟儿，但我正学着早起。黎明的平静每天都让我怀抱着一切终将回归正常的希望，然而，就像薛定谔的猫，要想知道实际情况，我不把头钻出箱外是不行的。用过早餐也换好衣服以后，我打开手机。虽然希望平静的时刻能再久一点儿，却也急着了解情况是否有所改变。

有一则信息特别吸引我的注意，不过它差点儿埋没在数百封短信和数十则链接请求之中。每天都会累积出这么大的量，代表情况仍然很疯狂，我也依旧处于众人的注目中心。

既然如此，我就要来利用这股注意力。

我对每一个新的电话号码，还有过去七天收集到的许多"这就是我"网页，大肆广播我的每周信息。多数人大概会置之不理，但希望有一些人不会。

亲爱的全世界：

为了赚钱，"试胆任务"让我在进行任务的时候差点儿死掉。

他们以为虐待玩家不会有事，以为没有人真的在乎，以为没有人找得到他们。他们错了。

他们躲不了的，没办法躲过我们全部的人。

所以，利用你所有的电脑技巧，利用你朋友的电脑技巧，把这些混账揪出来吧。

这是我给你们的挑战！

送出信息后，我收起手机，等明早有能力应付时，再来查看短信。服装设计课的老师说我是个仇视新奇发明的反工业化分子，我说这是为了保有清明的思考。

我把头发梳成马尾，走向车库。从现在起到十八岁拥有投票权以前，我每个晚上和每个周末都不能出门，不过一周倒是有三个早上可以去运动。我上了车，开车到本地步道，一辆实用的灰色富豪正在那里等我。

伊恩穿着运动短裤和 T 恤，露出晒成古铜色的四肢，在车旁做股四头肌的伸展操。因为定期出来健身约会，我也晒出一身浅褐肤色，并认定二头肌会是一件迷人的时尚配饰。

我走到伊恩面前，先和他长长一吻，然后才在路边踮起脚尖，伸展小腿肌肉。

"可能找到一个了。"我说，意指早先在手机上收到的信息。

"盖伊还是盖尔？"

"盖尔，如果脸部辨识软件没错的话，她的本名是乔丹。"

伊恩泛起一个微笑："赞喔，汤米。"

汤米向我深深地道歉，赢回我保持戒心的友谊后，在我对"试胆任务"的抗战中充当先锋，提供我相当大的助力。我相信他真的不晓得事情会变得那么极端，那晚也不是只有他一个人欠缺深思熟虑，做出有违平日性格之事。

我和伊恩走到步道旁一棵树前，抵着树干做了更多的腿部伸展操，之后便开始用一种轻松的步调跑步。任务后的第一周，我们的晨间慢跑不断遭到窥视人的突袭，他们为了诡异的点数系统偷拍我们，连我车子的保险杆上，都被汤米找到一个全球定位系统的追踪装置。

警察的帮助不大，他们说证据不足。其他玩家坚称枪是塑胶制的，饮料则是果汁。我相信"试胆任务"一定给予某种补偿，他们才会撒下如此弥天大谎。至于那个闯入贞爱立约承诺人活动的卑鄙投资人，警方一样问不出个所以然来。

但我们正在反击。许多愿意助我们一臂之力的人对我们透露了一些事，其中一个窥视人甚至在头奖回合捕捉到主持人短暂片段的影像。尽管那是视频中的视频，画质奇差无比，汤米仍尽可能清理杂质，好让面部辨识软件能与网络上其他数百万个影像进行对比。当然，盖伊和盖尔大概与我们其他人一样，只是受雇来娱乐大众。不过只要他们能针对任务老板的身份提供一些线索，就很值得我们追踪下去。

我和伊恩慢跑经过一丛金银花，它的芬芳弥漫在步道上，承诺我们夏天就在不远处。我深深地吸了口花香，接着却往后跳开。一个瘦巴巴的男子从下一棵树后冲出来，用相机对着我们。

伊恩在男子的面前遽然停下脚步："老兄！你用不着埋伏。如果你问我们能不能拍照，我们会让你拍的。"

此话不假，因为我们学到一条有关名声的有趣规则：大家最不想看到的就是那些想出名想疯了的人。所以我和伊恩特别注意，只要有人要求，就摆姿势供人拍照。希望大家越常看到我们，对我们就越失去兴趣。

但这家伙没有问。所以他会得到一个惩罚。我和伊恩抽出各自的手机，拍摄我们的窥视人。

他用双手挡在脸前："你们在干吗？"

伊恩扬起嘴角："这是为了一个名叫'看看有谁在跟踪'的新网站拍的。笑一个。"

那人咒骂着跑开。这次的效果比平常还好。我依然没有摆脱那部镜头很烂的手机，所以拍到的视频大概又晃又糊。不过比使用蹩脚摄影器材更糟的事多得很。

在步道上跑了一点六千米后，我们在一个木头长板凳前停下来。伊恩拉我坐到他的大腿上，给我一个温暖又甜滋滋的吻，可是我忍不住扫视周遭的树木，纳闷我们是否真的在独处。

我和伊恩尽可能在晨间的约会得到较多的隐私，然而不管是在他家还是我家，这都是个痴心妄想。即使我们把车停在最偏远的位置，仍会被镜头"哐当"一声撞上车窗的白痴们打扰。也难怪那个名叫艾比盖尔的玩家会逃走，在维吉尼亚的偏远地带滞留一个星期。我虽然很想让"试胆任务"停播，却有很小一部分的我私心盼望，这个周六他们会如期展开下一届任务，好让大众的注目焦点转移到新的一批玩家身上。我知道，这是个很糟糕的愿望。

两个慢跑的人经过，我和伊恩也站起来继续。看来这会是个阳光满满的晴朗日子。或许午餐的时候，小西和我可以找摄影社的人到户外拍她的面部特写照。我现在也利用晚上空闲的时光创作更多作品。去他的"试胆任务"，我们会靠自己的力量实现梦想。

好快，健身时间结束了。我和伊恩缓缓长长地吻别，再分头各自上车。驾车离开时，我注意到车内的味道很像餐馆，仿佛有人在车上吃过培根。气味是从通风口传进来的吗？我窥看了一下，确定没人躲在后座。尽管如此，我的肩膀仍微微打了个哆嗦。这股惶惶不安的感受会有远离的一天吗？

回到家时，爸妈带着松了一口气的微笑迎接我。每次我出去跑步，他们就会这个样子。我知道要给我这一点儿小小的信任对他们来说极为不易，所以我也会尽全力赢回他们的信赖。不过对他们坦承参加"试胆任务"的事，倒是造成一个意想不到的结果——他们因此看到我有多想活下来。我想他们终于相信车库事件只是场意外。幸运的话，他们或许会对我的刑期网开一面，容许我下个月和伊恩一起参加人道家园的活动。

老妈指着走廊："你订购了什么吗？我去替植物浇水时，在外头发现那个东西。"

我在存大学的教育基金，哪还有购物的预算？！我望向前门附近的桌子，发现上面放了一个包裹。快递现在送东西来也太早了，不是吗？或许它昨天就在外头了。回邮地址是用烫金的字体印出的一家纽约高级百货店名，邮戳也是纽约，所以不太可能会是炸弹。好啦，我又神经过敏了。

我打开盒子，在一堆可分解的环保包装材料中找到一个内盒。里面是一个天鹅绒袋子，上头有我在网络上盯着瞧了许久的设计师商标。我用颤抖的手从袋内抽出一双火鹤红的鞋子。这正是"试胆任务"在咖啡馆挑战时，悬晃在我面前的奖品。怪了，我从头奖挑战逃跑时，他们已清楚表明我一个奖品也拿不到。现在出了什么错？

我在一只鞋内找到一个银色小信封，读过里头那张字条后，缓缓地跪到冰冷的地板上。

我永远也看不腻你，等不及想看你再玩。

我凝视着那双鞋，越看越觉得丑陋。唔，收容所内某个女人很快就会在走路的时候变得有型有款。我站起来，把鞋扔进老妈的"捐赠"箱里。经过客厅时，一个熟悉的声音吓了我一跳。是我的手机在召唤我，不过不是一般的来电铃声。

相反地，是那个被宠坏的小孩正在高唱。

落　幕

谢辞

––––––––––

　　我在许多人的帮助和鼓励下完成这本书。衷心感谢我的家人和朋友，他们不分远近，在我追求梦想、实现小说写作的路上，多年来一直替我加油打气。他们的支持和兴奋给了我力量，陪我度过许多个充满挑战的日子。

　　感谢戴尔出版社的编辑海瑟·亚历山大。承蒙她的指引，这个故事得以扩展并变得超乎想象的刺激。我也要感谢安德鲁·哈维尔，即便他离开这个计划许久，本书仍深受他的见解所影响。

　　非常感谢杰出的经纪人阿米琼·帕克特，不仅以敏锐的眼光和精明的提点，让我的手稿初具雏形，对我的支持更是从来没有动摇过。每一位作家都该如此幸运。

　　我也要向许多评论伙伴致上深深的谢意，他们看着这个故事从一个粗糙的开始，逐渐变成可以出版的内容。感谢地方作家团体，即使是在临危受命的情况下，他们仍努力帮我构思，也已经陪我经历了五份手稿（往后还有！）。他们的大名分别是：安妮卡·德·古鲁特、里·哈利斯、克莉丝汀·普特曼、莱斯莉·里斯。

　　感谢线上文评，因为他们挑战我替这个故事找到一个更好的开始，我才把薇放到了剧场里。他们的大名分别是：凯莉·迪克斯特豪斯、充当客观第二双眼的克莉丝蒂·海维格、琼安·林登、玛莉·路易丝·山琪丝、妮姬·梭菲德。

　　感谢我的姊妹玛莉·莱恩和瑞秋·莱恩，还有外甥女玛德莲·安德森。每次只要我苦恼不已，她们便立刻帮我看看手稿，提供点子。就是因为玛德莲整天都在讲手机，我才灵机一动，想出一个以手机为重要角色的故事。

　　感谢我同父异母的兄弟提姆·波尚，为了解决令我窒碍难行的技术细节，他一天二十四小时，一周七天都要承受我的电话轰炸。在这本书中，枪的用法全仰仗他的提供，但文稿内任何枪械方面的错误都是我的错，与他无关。

　　我亲爱的朋友丽莎·伯格朗德是从第一份书稿就力挺我的最大支持者，她知道我终有一天会出书，只是在这终于出书的灿烂蓝天上却有一片乌云，那就是她无法在这里与我一起庆祝。如果天堂有读书俱乐部，我相信她一定是俱乐部的领导人。

　　最后，感谢我的先生和小孩，他们支持我度过无数个"妈妈必须去咖啡馆写作"的夜晚。他们给我好多好多的鼓励，又主动参与我的写作，不但争论故事的点子，还将他们认为某一幕的场景看起来会是什么模样描绘出来。我对他们的爱非笔墨所能形容。此外，根据我的估算，我欠他们大约一千五百零九顿家庭料理。

狮鹫文学

[美] 维罗尼卡·罗斯 (Veronica Roth)

《分歧者》《反叛者》《忠诚者》

《分歧者外传》

《分歧者》三部曲

《分歧者》系列（全四册）

[韩] 金银淑

《继承者们》（上下）

[美] 绮拉·凯斯 (Kiera Cass)

《决战王妃》《决战王妃2：背叛之吻》《决战王妃3：真命天女》

《决战王妃》三部曲

[美] 卡斯·摩根 (Kass Morgan)

《地球百子1：重返地球》《地球百子2：异类惊现》《地球百子3：星际归来》

《地球百子》三部曲

[德] 赛巴斯蒂安·菲茨克

《解剖》《梦游者》

[美] 约翰·格林 (John Green)

《纸镇》

[美] 特里·布鲁克斯 (Terry Brooks)

《沙娜拉之剑 I：传奇之剑》

《沙娜拉之剑 II：精灵之石》

《沙娜拉之剑 III：希望之歌》

[美] 李·芭度葛 (Leigh Bardugo)

《格里莎三部曲 I：太阳召唤》

《格里莎三部曲 II：暗黑再临》

《格里莎三部曲 III：毁灭新生》

[美] 杰夫·范德米尔 (Jeff VanderMeer)

《遗落的南境1：湮灭》《遗落的南境2：当权者》《遗落的南境3：接纳》

《遗落的南境》三部曲

[美] 兰萨姆·里格斯 (Ransom Riggs)

《怪屋女孩1》《怪屋女孩2：空城》《怪屋女孩3：灵魂博物馆》

《怪屋女孩》三部曲

《佩小姐的奇幻城堡》

狮鹫文学
GRIFFIN NOVEL

狮鹫是西方神话中著名的奇幻生物，

因生有狮身鹫面而得名，

兼具智慧和勇气。

狮鹫文学是新华文轩·华夏盛轩自 2013 年始创建的文学品牌，

范围涉及 YA 小说、科幻奇幻、悬疑等领域，

主要引进欧美畅销而有影响力的虚构作品。

译者招募

我们致力于引进欧美畅销而有影响力的虚构作品，
感兴趣的译者可投简历至邮箱：xhwxomxs@163.com。
我们将通过邮件向大家发布新书信息，
并征试译稿，最后择优选定译者。